宁夏长城访古

何继荣／著

黄河出版传媒集团
阳光出版社

图书在版编目（CIP）数据

宁夏长城访古 / 何继荣著. -- 银川：阳光出版社，
2022.3

ISBN 978-7-5525-6245-3

Ⅰ.①宁… Ⅱ.①何… Ⅲ.①散文集－中国－当代
Ⅳ.①I267

中国版本图书馆CIP数据核字(2022)第044543号

宁夏长城访古

何继荣 著

责任编辑　陈建琼　谢 瑞
封面设计　赵 倩
责任印制　岳建宁

黄河出版传媒集团
阳 光 出 版 社　出版发行

出 版 人　薛文斌
地　　址　宁夏银川市北京东路139号出版大厦（750001）
网　　址　http://www.ygchbs.com
网上书店　http://shop129132959.taobao.com
电子信箱　yangguangchubanshe@163.com
邮购电话　0951-5047283
经　　销　全国新华书店
印刷装订　宁夏凤鸣彩印广告有限公司
印刷委托书号　（宁）0023582

开　本　787 mm×1092 mm　1/16
印　张　14.25
字　数　200千字
版　次　2022年3月第1版
印　次　2022年9月第1次印刷
书　号　ISBN 978-7-5525-6245-3
定　价　68.00元

目　录
CONTENTS

 （明）河西墙

目录 / CONTENTS

目录 / CONTENTS

（明）河西墙

第1站

中卫南、北长滩长城游记

2019年4月20日

　　南长滩村这个地名是我在十几年前刚进入户外圈时听到的。那时玩户外的人以发现探索原生态的景点为时尚。而南长滩正如《中国国家地理》杂志宁夏专辑中所言："长城围着，贺兰山护着，黄河爱着。"那里有着古渡、七姐妹礁石、老梨树、古朴的黄河激流。在百年老梨树开花的季节，扎营梨树下，在黄河边燃起篝火，听着黄河的浪声，微醉着眯眼仰望圆圆的山月，别有一番闲趣。

中卫南长滩渡口

明长城自中卫南长滩进入甘肃省靖远县西北部，在靖远境内全长32公里，为明代隆庆五年（1571）筑成。也就是说，南长滩长城是宁夏西长城在境内南边的最后一段。

据新华网报道，长城专家、宁夏博物馆原馆长周兴华在宁夏中卫市沙坡头区南长滩虎峡实地考察时，发现长达10余公里的先秦长城，为秦昭王长城、秦始皇长城经过宁夏黄河内岸提供了更加有力的证据。这就说明，南长滩不仅有明长城，还有秦长城遗迹。

周末，天气晴朗，温度适宜，从吴忠上高速直达中卫沙坡头。在公路左侧一观景台休息时，俯视奔腾不息的黄河，它不舍昼夜，经黑山峡一个急转弯流入中卫境内。黄河在这里来了个接近360度的完美转身，形成一个大圆圈，这在众多黄河弯道中极为少见。就是这个急转弯让黄河一改之前波涛汹涌的样子，温柔舒缓地流淌着，

南长滩村

滋润了塞上江南，使得"天下黄河富宁夏"。长城也是经黑山峡进入南长滩的。

往西行驶，过中卫最后一个集镇甘塘子后进入沿河山区小路。十几年前，我们来时这里还是沙石窄道，只能一车颠簸通行。现在已经修成两车道的沥青路面，十分好走。行进路上，地形复杂，跌宕起伏，峰回路转，美景无限。风景优美之地修建了观景台供游客休息观光。在山河之间，随手一拍就是一幅美妙的画面，让人心旷神怡，流连忘返，不知不觉天色已晚。到一村口，朋友说这是北长滩，离南长滩沿河距离有10公里，但河边没路，要绕公路到南长滩得50多公里，并且要坐渡船才能过去。今天就是连夜赶到了也没有渡船，我们选中村头一片平地，就此扎营。

我拿起相机，漫步在古老的村庄小道上。北长滩地处黄河大峡谷，两岸青山环绕，黄河横穿而过，因黄河冲击在北岸形成了一处狭长的滩涂地而得名。300多年前，为逃避战乱，甘肃临洮一带的人乘坐祖辈传承下来的羊皮筏子顺流而下，在北长滩一带登岸后，定居下来，依山而建了错落有致的原始古村落。由于大山的阻隔，北长滩长期与世隔绝，这个小小的村落几乎被世人遗忘。

在寂静的村中小巷子行走，村庄里全是无人居住的农舍。村里除了60余间保存较为完整的清代民居、商铺外，其余房屋均为民国时期和20世纪50年代及80年代所建，均为土木结构，保持了传统乡村街巷原有的建筑风貌。村落巷道较不规则，窄长交错，高低相连，家家相通。大部分巷道边的院墙根基为石块垒砌，有的在石墙上添加土坯墙体，高一两米。

村里，田间和房舍的周围密布着许多形形色色的树木，有梨树、枣树、柳树、杨树、杏树、枝干伸展的核桃树、低矮多刺的酸枣树，以及无人问津的沙枣树和一些挂着残花、青涩小绿果的苹果树。树龄百年的老梨树三三两两错落分布在村落旁或成群地分散在河边的滩地里。

巡游中遇一老者，向他打听长城。老者指着黄河南岸说，北长滩明代长城自黄石漩沟沟口起，在山中蜿蜒起伏，到上滩枣刺沟止约30公里，分为夯土墙和山险墙两种。沿途发现有排水口2处，敌台3处。烽火台一处位于下滩村东北1公里处；另一处位于下滩东1.2公里处，关堡2处，均位于下滩村对岸，两堡相距200多米。其中一堡保存较差，采用沙土夹杂少许小石块夯筑而成，堡长100米，占地面积2300平方米。

清晨，炊烟袅袅，笼罩在小村子的上空，羊儿咩咩，在牧羊老人的鞭子声中涌上村口，惊醒了酣睡在帐篷中的我们。洗漱完，早餐后，牵手阳光上路，向南长滩进发！

导航导向甘肃景泰北长滩渡口，车辆进入景泰境内不久便转向山区。去南长滩的路上，十分荒芜。车开进山里，手机没有信号，新修的水泥路狭窄得仅容两辆小型汽车可以对向行驶。出山沟、爬山头，下山头、入山沟，我们就在这荒凉、寂静的山中前行。路两边基本上没有人烟、没有绿色，也没有同行的任何车辆。崎岖山道，坑坑洼洼，黑尘飞扬，两辆车伴着阵阵尘土一路探索前行。

路边的山上一片片黑色的山坡，像露天煤矿。我和朋友讨论，这里应该是矿区。谁知到了南长滩一问老乡，说是这里特有的黑石。过了黑土段，道路两侧山峰高耸入云，奇异陡峭，高大雄伟，山顶尖锐如剃刀，真是到了景泰了，连山峰都有了景泰石林的感觉了。

颠簸几十公里，终于看到了黄河，南长滩渡口就在眼前数百米处，渡船能装5辆小车，对面等着回渡的队伍已经排得很长。此时你才能深刻理解旅友安安的《旅行笔记》中介绍的南长滩的神秘："……黄河在这里转了一个大弯，在河南岸形成了一个月牙形的长滩。该地四面靠山，一河环流，形成了弧形半岛，像一块翡翠镶嵌在黑色的石头和黄色的河水之间。黄河臂弯中的这块绿洲面积195.4平方公里。因为大山阻隔，出入十分不便，所以外面的人进去得很少，十分幽静。"

登上渡轮，拓跋寨的轮廓越来越清晰可辨。听着黄河水有节奏地哗哗作响，索轮在钢丝绳的牵引下，轻盈漂浮，由北向南顺势靠岸。

车开进百年梨园，1000多亩的河滩上，从河岸到村庄依次分布着农田和有几百年历史的梨园、枣园，一眼望去，枝繁叶茂，像是被光秃秃的群山所包围的一片绿洲。这里的果树高大挺拔，有的树冠好似撑起几间房大的凉棚，树干需要两三个人手拉手才能围拢。

我们问在梨园工作的本地老人，长城在哪。老人说滩上没长城，长城从黑山峡沿山绕到下游河滩边。下游长城离这有两公里左右，上游黑山峡离这六七公里。我

石砌长城

决定先走下游长城。

正值中午，阳光直射，暑气上升，行路艰难。路沿山崖延伸，路旁边石崖壁立千仞，颇为险峻。行约两公里，问一骑摩托车路过的老乡，老乡指着上面说，这就是长城。

据长城专家、宁夏博物馆原馆长周兴华研究发现，沿这条路共有9段秦长城，老乡指的也不知道是第几段，但该段长城位于这里黄河岸边的山壁上，墙体为石块垒砌，严丝合缝，青苍古旧。现存长城残长约5米，残基宽3～4米，残高约6米。

再往前走，是天然石壁，亦被劈削如墙，长约10米，石壁直立如高墙，人畜无法翻越。"堑河旁"就是把黄河岸边的山坡劈削如墙，作为长城墙体的一种；"城堑河濒"就是在黄河岸边劈削山坡，用垒砌高山缓坡长城，石块垒砌长城墙体。

那位老乡看我们对长城的态度认真，很是热情地说，我再带你们看看山上的长城。随他走几百米转过一个弯后，他指着高山顶上说，那也是长城，你们自己从这山口里进去再往上爬。我扬头看了看，长城在山顶之上，我实在爬不动山了，便拍下远景。

休息之时，我不禁迷惑起来，我们看到的长城是秦长城吗？没有政府考察认证的石碑，只有复姓拓跋的本地人，他们自称是西夏人的后裔。山河深处的地理位置偏远导致的神秘、没有任何有效文物能证实的秦长城、汉代军事设施被"发现"，村里那些姓的发音为"tuò"的村民，被牵强地认为是西夏皇裔，使南长滩的历史文化名村上空飘荡着真假难辨的文化云彩，将一个朴实的乡村推向旅游时代。古时的南长滩，是古人避难的理想场所；今时的南长滩，成了城里人心中的世外田园。

NINGXIA CHANGCHENG FANGGU

第2站

中卫四方墩游记

2021 年 4 月 20 日

  朋友，你经历过这样的场景吗？当你站在古老的长城烽火台前，天边飞来一架巨大的飞机，在轰鸣声中，飞机向烽火台俯冲下来，几乎掠过墩台面飞驰而过。此时此刻，古老的"盾牌"和先进的"长矛"结合在一起，形成了一幅震撼人心的画面。

  这个神奇的地方在哪呢？它就是位于中卫香山机场北侧，经过几百年的风沙，掩埋在腾格里沙漠的古长城上鲜为人知的长城遗址——中卫四方墩，本地人称"买

中卫四方墩

卖城"。

这样的地方对一个长城爱好者来说是一直向往的，总忍不住猜想这里发生过的故事。我虽几次经过中卫，探访了南长滩长城、胜金关长城，可机缘不合（因疫情影响，一晃耽误了两年），与它却总是擦肩而过。这几天春暖花开，疫情形势好转。我下定决心，要了却心中的遗憾，与朋友专访四方墩，就幸运地见到了烽火台与飞机同框的难得场景。

中卫有长城并不稀奇，因为中卫市本身就是万里长城上的一个重要战略要地。这从它的名称就能得知。明代边防实行的是军政合一的卫所制度。"卫所者，分屯设兵，控扼要塞。"当时宁夏镇驻有四个卫。其中中卫设在元应理州，治所在今中卫城区，它的全称是"宁夏中卫指挥使司"，担负九边重镇之一宁夏镇西部防御任务。明永乐元年（1403）改宁夏右护卫为宁夏中卫，中卫的地名就此沿用至今。

根据明代《嘉靖宁夏新志》等史料记载，中卫北部的规模开发始于明代初年，正统八年（1443）宁夏中卫守备改设为西路左参将分守。正如明代潘元凯在《贺兰九歌（其七）》中所云："塞下由来非乐土，况复城中多斥卤。四卫居人二万户，衣铁操戈御骄虏。"可见，当时的中卫城就是个大兵营。

我们从吴忠上京藏高速转福银高速，再进定武高速从中卫出口下，穿越美丽的中卫市区，向北进入宽阔的飞机大道，临近机场时，绕过龙宫庙到飞机场的西北角，在黄色的沙漠植物柠条花中，一个巨大的四方墩呈现在眼前。

墩台正在修复之中，台前立有姚滩2号敌台修缮保护情况简介。以前墩台四周顶部凹坑状、台体裂隙及雨水冲刷的水沟，四面大大小小的风化凹槽，墩角坍塌的地方等都被维修部门进行了封堵、灌浆、填补、加固。上墩台的梯口前立一块红底黄字警示牌：古长城禁止攀爬，违者后果自负。只见蓝色梯口挡牌已被移开，光滑的梯面被游人挖了攀登脚踏的小坑，似乎有人上去的痕迹。看样子这种警示不足以阻止游客。于是又在上面用黑字加写：且违者罚款500元。

我们当然是遵规守矩之人，未上台面。事实上，在这台基之上也能观察到周围的现状。只见一条长城从西向东迤逦而来，穿过巨大墩台的北墙将军营分为南北两部分，又穿过东面的两个四方城（买卖城）区将它分为长城内外，最后一直向东延伸而去。在中卫广袤大漠的深处，在沙山明湖，烟波雪浪的龙宫湖边，居然有一段长城保存了下来，充满了历史厚重感。

中卫长城的大致走向是：长城自甘肃景泰进入宁夏黑山峡，向北延伸到沙坡头一带过河到北岸，向东贯穿卫宁平原北部与腾格里沙漠边缘交界地带，抵胜金关，向东朝石空一带延伸离开中卫境。所以中卫的长城在河南岸的叫南岸长城，在河北岸的称北岸长城。四方墩在北岸长城上，所以我们主要了解的是北岸长城的情况。

北岸长城的情况要从中卫的地理说起，清代《乾隆中卫县志》这样写道："北背边墙，南面大河，据银川之上游，其东侧青铜牛首，锁钥河门，其南侧香岩雄峙，列若屏障。左倚胜金之固，右凭沙岭之险。"从中可以看到，中卫独特的地貌是：南面黄河，东临胜金关，西靠沙坡头。南、东、西都有天险可据，只有北方是腾格里沙漠的边缘，一马平川，无天险可守。

如果被游牧民族攻破中卫，他们即可掠夺宁夏全境，进而下萧关、入秦川、制中原。为了弥补中卫在军事、边防功能上的先天不足，历代王朝均投入了巨大的财力、民力修备边墙防御体系，同时派遣士兵驻守。这就是修建北岸长城的意义所在。

既然北依长城，黄河北岸长城建在何时？又是何人所建呢？成化二十三年（1487），宁夏镇役使1万人修筑了永安墩至西沙嘴一带边墙。

现观古兵营的城墙，因紧邻腾格里沙漠，北侧风沙经年累月堆集成沙坡状，游人可以徐步登上墙头。斜坡和墙头长满了粗壮的沙漠植物柠条。此时正是春暖花开的季节，黄色的柠条花在古老的城墙上竞相开放，给荒芜的兵营增添了春天的芳菲。

根据现存的长城遗迹看得出当年长城内城、外城、城壕壁垒森严，呈重叠并守之势，可见其原貌规模之宏大，防御体系之完备。

走进买卖城，隐于萋萋枯草、漫漫黄沙处的断壁残垣，曾经是繁盛一时的城堡，镇守边关的一方之郭，现深埋于岁月，只留下一片废墟。明朝时，在中卫县城西北建买卖城，设置街市客栈，蒙古族和汉族两族人民进行贸易，互市在朝廷监督和限制下进行。200多年后买卖城被风沙掩埋。到今日被挖掘出来并被设立为旅游景区，历史的沧桑感十足。

　　别小看这个深入沙漠腹地的"互市"，它可是大明皇帝御批的交易场所。明嘉靖帝曾批示在这里设立"互市"，方便游牧民族与农耕民族开展边关贸易。

　　既然是贸易市场，肯定要有贸易规则，特别是长城上的边境贸易，安全是第一位的。据清代《乾隆中卫县志》载："边墙口隘二十九处，夷达入城市交易食物，各带该管蒙古所给腰牌，至边户城门查验，听其入内地交易……夷人入城，汉人入夷，彼此交易，熟习者往来便利，素鲜争竞。"

　　漫步买卖城内，我仿佛看到蒙古族牧民赶着牛、羊、骆驼、马，带着各色皮毛，与携带布匹、绸缎、盐茶、烟酒的长城以南的汉族商人交换自己所需的商品，当时这里应是牛羊成群、驼叫马鸣、人声鼎沸，一派繁荣景象。而同样的长城贸易，清代文人杨蕴的《镇北台春望》反映了贸易的热闹景象。他在诗里这样写道："关门直向大荒开，日日牛羊作市来，万里春风残雪后，游人指点赫连台。"中卫买卖城是民间自由贸易的市场，也是蒙古族和汉族团结友好的历史见证。

　　当时，长城沿线大多是生产比较落后的地区，因人烟稀少，土地荒凉，被称为不毛之地，中卫也是如此。朝廷为发挥长城御敌功效，必须得解决守城将士军备给

买卖城遗址

养的供应问题，而解决守城给养的最佳方式除了屯田和移民守边外，重新开放边境贸易也是不错的选择。

明代高拱在《伏戎纪事》中写道："帑藏不发，即边费之省不下百余万，即胡利之入不下数十万。"由此看出，明朝三边互市赚了个盆满钵满，竟能使府库盈余、生民安乐、刀兵止歇，真可谓利在千秋。

站在墩台向南眺望，穿过机场跑道，有个规模宏大的古老庙宇。那就是龙宫庙，是当地群众"祈雨有应"的场所，据说龙宫高台的遗址就在这道长城上。向东眺望便是那碧波万顷的龙宫湖。这片土地里有墩、有庙、有湖又有买卖城，当然少不了神话传说。

很早以前，这里本是不毛之地。有一年正值夏季，随着一阵暴风雨，一条青龙自天而降，钻入了龙潭泉。从此泉水大增，向外漫延形成了湖泊，湖边沙滩很快变成了一块水草丰茂的沙漠绿洲，人们可以开荒种地，植树造林，还可以在湖边尽情地放牧、沐浴。

可好景不长，在一个天昏地暗的傍晚，有一条凶恶的蛟龙扑入水中，赶走了青龙。从此凭借深潭，兴妖作怪，荼毒生灵，美丽的绿洲逐渐变成了荒漠。

一天，从西边来了一位相貌不凡的道士，他听了百姓的哭诉求告后，决心为民除害。于是，他从背上抽出宝剑，毫不迟疑地一头扎进了泉水里。只见泉水搅动，上下翻滚，好一场激烈的水中恶战。人们都瞪大了眼睛观看，过了好长时间，泉水恢复了平静。

大家正不知所措地张望时，水面上突然浮出了蛟龙的尸体，大家正要欢呼，又听"咕咚"一声，道士的头颅从潭底冒出了水面。人群发出了一片悲叹声……道士虽然死了，但他为民除了害，使周围的百姓过上了好日子。为了纪念道士，祈求青龙保佑，人们在湖畔立了碑，又修建了一座龙王庙。

此后，逢年过节，便有人烧香磕头，求神降福。尤其是每年农历七月十五，这里都会举行盛大的庙会，前来逛会观光者成千上万，人如潮涌，热闹非凡。所以说，边塞上的龙宫庙在历史上也发挥了促进汉族和蒙古族文化的交流功能，促进了边关地区民俗文化的繁荣。

夕阳西下，黄沙碧草间，四方墩无声地迎送着一个又一个日出日落。这里的长城雄伟、湖水壮阔，长城内外，沙湖岸畔，草原广阔，牛羊遍野，远山如黛。

兵营古城墙上黄色的柠条花，买卖城里的苂苂草，在温暖的春风里摇曳，显示着和平年代的宁静。

中卫胜金关长城游记

2019年3月23日

　　离开黄羊湾的直隶墩向南走 7 公里，便是中宁和中卫长城的交接口胜金关。胜金关坐落在腾格里沙漠东南。西边是长城，长城以北是沙漠，长城以南是村庄。瞭望四周，地貌差异很大。南边是河套平原的前套卫宁平原，滔滔的黄河水像一条白色的玉带蜿蜒东下。东边是包兰铁路，前面就是金黄色的沙漠。北边是连绵的大山，举目望去，山连着山，峰接着峰，起伏交错。

　　中卫境内的长城在宁夏属于河西长城，以黄河为界被分为南长城、北长城。其中北长城基本依卫宁北山和腾格里沙漠南缘而建，全长160公里，卫宁北山最南端离黄河1公里左右，此关很高，站在这里，卫宁平原包括腾格里沙漠一览无余。卫宁北山属于贺兰山余脉，胜金关所处的位置就是这一带的制高点，再向北就是广袤的腾格里沙漠。这里不仅便于观察敌情，而且能够传递信息，起到很好的防御作用。

　　正值春耕季节，一家农户房前有人耕田，我们便停车攀谈，老人姓陈，祖辈居住关下。

　　胜金关来源于明代军事建制，属于"宁夏中卫指挥使司"管辖，中卫又属于九边重镇之一的宁夏镇管辖。关口离宁夏镇170公里，离中卫以东30公里，是长城宁夏镇一处重要关隘，与大武口、三关口和镇远关合称宁夏"城防四隘"。我们已经去过了三隘，这是最后一隘了。公元1488年，为了抵御贺兰山西部的游牧部落入侵，明朝参将韩玉修筑了胜金关，到了清朝同治五年（1866），这座雄关被反清起义军破坏。

中卫胜金关古堡

　　老陈指着对面的山头说，这就是胜金关。我看了看山形说，此山形状极像"和谐号"车头，正高速奔向河边呢。老陈说，你所说与古人描述的"如怒犀奔饮于河"有异曲同工之处。中卫文化底蕴深厚，农民都叫人刮目相看啊。

　　朋友问，为什么叫胜金关？老陈说来源有三种说法。

　　一是相传很早以前，这里都是河滩地，并无山头，只在离此不远处盘踞着一条金龙，而黄河南岸居住着一条青龙。二龙各据一方，起初还能相安无事，互不侵扰，后来金龙却产生了独霸这一带的念头，于是二龙便经常相斗。适逢有一年黄河发了大水，淹没了南岸，金龙乘势过河赶走了青龙，自此兴风作浪，不断祸害黎民百姓。

　　朝廷接到急报，便派出了高僧、道士前来，会同边关守将及当地百姓，要一同凿石斩龙，诵经镇蛟。无奈金龙已经得势，众人白天将山挖断，晚上山又自动合上。人们无计可施，只好祷告上苍垂怜，拯救生灵。人们的虔诚祈拜感动了太白金星，他化作道士来到人间，教人们边挖山边用陈年老醋等拉断山腰，果见金龙血水喷涌，山体再也无法合在一起。自此便在黄河两岸出现了两座高耸的山头，成为西北边陲的重要屏障。人们把这座山头称作"金关山"，又因这里战胜过金龙，故而取名"胜金关"。

　　二是当地百姓传说明军在此关战胜过金兵，所以叫"胜金关"。

　　三是此关因其傍山临河，形势险要，明代参将韩玉比喻该地胜过金徙潼关而得名。

我看了看山，又望了望河说，我怎么没看出关口的险峻呢？黄河离山头还有一公里吧，怎么能体现"一夫当关，万夫莫开"的雄姿呢？老陈解释道，我小时候黄河紧靠山崖，黑山嘴形如老龙吸水，直插黄河，将通道拦腰截断，胜金关则是这条通道的咽喉之地，只有一条牛车道绕山嘴，来往过关。确实是"一夫当关，万夫莫开"。现在黄河改道向南偏移了1000多米，所以"怒犀奔饮于河"的壮美已无从领略。

按老陈指点，车绕回公路，绕过山梁见一石牌，标注"西长城"，上山有一水泥台阶，因塌方断了几节，在小树丛中爬行约20分钟，到胜金关下。

上到关楼，是一个碉堡形状、夯土结构的城楼残体，内园实体高6米有余，底盘直径大约10米，外园墙高1米左右。外层应该是石或砖包结构，经过500多年的风雨变迁，关楼外包已经消失，露出了内部结构，墙体上布有10~20厘米的圆洞，应该是建造夯土铺的圆木痕迹。木头能起到现代钢筋的作用，使夯土不容易塌陷，坚牢异常。经过500多年后，现虽已破败，雄姿犹存。

在关楼北侧有一片长方形的空地，长约20米，宽约10米，三边都有石块垒出这样的围墙，这就是屯兵的地方。13米见方，高4米。距烽火台10米处还建有三座"品"字形兵营，每座兵营长约60米，宽约40米，四周以石砌墙。

中卫胜金关黄河

外侧借山坡之势经人工斧凿而成绝壁，在缓冲的西山坡，从山顶依山势筑关墙至山脚下，设有关门。中卫是宁夏的军事重镇，胜金关周围的堡寨、关隘则是驻军的重要据点。

明朝时期，胜金关是北方蒙古骑兵入侵中原的四条道路之一。明孝宗在位前，蒙古部族骑兵时常窥伺南侵，少则出动五六千人，多则一两万人。至嘉靖年间，一次竟出动十几万人。就胜金关一带地形而言，由青铜峡大坝至中卫城以北的卫宁北山，沟宽岭秃，高不过百米，对入侵的蒙古骑兵阻碍不大。

自镇关墩至胜金关近50公里，蒙古游骑不时袭扰，甚至抢掠中卫城郊。那时，百姓耕牧必须成群结队，手持兵器，这对人民的生产和生活造成很大的影响。明宪宗年间修筑了一条由甘肃靖远，经中卫、中宁，北上接贺兰山的边墙，长约240公里，用以对付蒙古骑兵的入侵。

现在，胜金关这段长城总长约6公里，一共设有7个烽火台，在这么短的距离里分布这么密集的烽火台，显示出其地理位置的重要性。古代遇有敌情，这些烽火台白天举烟，夜间点火，在千里边防线上依次传递，是迅速报警的设施。

明代除在此设兵守护外，还建有驿站，名曰"胜金驿"。这是九边重镇之一宁夏镇趋向中卫的道路。此道起自镇城伸向西南，先经平羌堡（今银川市郊平吉堡）、邵纲堡（今青铜峡市邵岗堡）、唐坝堡（今大坝堡）而至广武营城，即今青铜峡市广武乡政府驻地。继而经枣园堡、石空寺堡，出胜金关，历镇房（今中卫县镇罗堡）、柔远二堡而达中卫城（今中卫县城）。

从东边过来要进入中卫城必须经过胜金关，这个关口是中卫县城的咽喉，也是通往卫宁平原的咽喉，更是通往银川平原的咽喉。胜金关一旦被攻破，中卫县城就难保，而且敌人可以长驱直入卫宁平原，甚至进入银川平原。胜金关和黄河之间有一片狭长的平原地带，从古到今这里一直是中原和西部地区之间的交通要道。关口处十分狭窄，只有人和牛车可以过去。明参将韩玉选择在此处修筑胜金关，就是想让它起到"一夫当关，万夫莫开"的作用。

清初平定青海罗布藏丹津和天山北路厄鲁特部之乱；乾隆年间在平定准噶尔等反清武装集团等历次战役中，胜金关均为清军重要的进军路线和军械粮草的运输

中卫胜金关古堡

路线。

新中国成立后不久，国家确定修建包兰铁路，胜金关处于1955年破土动工。建设者们在胜金关前安营扎寨，昼夜奋战，在关下打通了65米长的隧道，洞口陡峭的石壁上镌刻着"胜金关"三个遒劲、端正的大字。

1958年8月1日，在银川鸣响24枚礼炮后，包兰线正式通车。1968年是包兰铁路穿过胜金关后的第十个年头，仅能绕山嘴过牛车的便道被切削劈宽，建成了卫青公路。1984年铺筑了柏油路面，201省道（又称包兰公路）又穿关而过，羊肠小道变成了大道通途。

胜金关是中卫军事关隘的代表，关山突兀，石峰横峙，山河相交，地势险要。一边是翻滚的黄河水，水面壮阔，气势汹涌，另一边则是一段残存的山体，建有长城烽燧，地势险要，易守难攻。这里历来为兵家必争之地，尤其在冷兵器时代，几乎是一个天然战场，有历史记载的战事多达10余次。

　　如今巍峨险要的关城不复存在，刀光剑影、烽火连天已成过去。唯有一段百米有余的长城遗迹，坡势平缓，植被稀疏而齐整，没有奇峰怪石，也没有古树林立，只有一座孤零零的烽火台矗立着。昔日汹涌磅礴、贴近关隘的黄河水，如今已退至数里之外，河水退去的河滩成为丰饶的良田，山下的胜金关村也在改革的浪潮中焕然一新。

第4站
NINGXIA
CHANGCHENG
FANGGU

中宁直隶墩游记

2019年2月16日

　　中宁长城的标志——直隶墩 。说起名字的来源，当地对长城有过研究的人说，应该叫"十里墩"，山下有个主管长城和烽燧的城堡叫"石空堡"，离这里十里路程，这个烽火台应该是以距离命名的。为什么叫直隶墩呢？这与当地的方言有关。

　　沿着山路向上攀爬20多分钟，到了墩下，感觉墩的体积很大，烽燧全部用可刻岩画的山石垒砌而成，主墩台是正方形，底边15米见方，高约13米，顶6米见方，下宽上窄。近处曲折形排列10燧（传播火信号的小墩），这种"一烽十燧"，甚是少见。

此处长城有"关中屏障，河陇咽喉"之称。

围绕烽墩仔细观察，高大壮观的烽墩四角已出现了不同程度的坍塌，露出了两个圆木横在石墩里面，根据现在所能看到的结构推断，直隶墩在建造时和许多地方的长城一样，就地取材，所用的石头就是附近山沟里搬运上来的，因为各个山沟里石头上很多都有岩画，但是明代的士兵不知道什么是岩画，把有岩画的石头砌了烽台，这个墩里有岩画的石头应该很多。

裸露出的木头依然未朽，很坚固地横在墩内，它起着钢筋一样的作用，把石头拉住使石头墩坚固千年。在没有钢筋的时代，看看古人是多么聪明，建筑长城的技术多么高超。直隶墩在建造时，先将外围石条垒砌三尺左右的高度，然后填土夯实。再用木头平铺，竖一道，横一道，十字交叉进行加固，防止塌方，这样一层一层修筑起来。当地人说四角坍塌是在20世纪70年代，与人为有关，否则，现在的直隶墩应该还是完整的。

那10个燧在大墩南侧沿山头圆弧排开，每个大概2米见方，高在1.5米左右，是用来点烟点火的。整个烽燧起报警作用，烽火台设在长城外侧制高点。士兵能瞭望十几里的地方，发现敌情后，在燧上点烟点火，向山下指挥机关报告。白天放烟，晚上点火。指挥部根据烟火、炮声、灯笼等信息，判断来敌的方向和人数，召集军队上长城进行防御作战。据统计，目前中宁县境内保留下来的烽火台共有35座。可见当年战事多么紧张。

为什么要建10个燧呢？这与明代传烽号行规定有关。据明开元兵备道的《整饬营伍公移》中的《兵备道颁行传烽号行》规定传报虏贼多寡：

自数骑至五十骑为一等，放起火一枝；昼举烟一把，夜举火一把。

自五十骑至百余骑为二等，放起火二枝；昼举烟二把，夜举火二把。

自百余骑至五百骑为三等，放起火三枝；昼举烟三把，夜举火三把。

自五百骑至一千骑为四等，放起火四枝；昼举烟四把，夜举火四把。

……………

曲尺形排列的10燧，东西向5，南北向5，其为不同方向传递军情的信号。据《兵备道颁行传烽号行》传报入犯地方：

镇北、清阳、镇夷三堡为北路；贼北路入犯，昼扯黑旗一面，夜扯灯笼一个。

永宁、古城、庆云三堡为西北路；贼西北路入犯，昼扯黄旗一面，夜扯灯笼二个。

定远、殷家庄、镇西、曾迟四堡为西路；贼西路入犯，昼扯白旗一面，夜扯灯笼三个。

宋家泊、丁字泊、新添三堡为西南路；贼西南路入犯，昼扯红旗一面，夜扯灯笼四个。

威远、靖安、松山、柴河四堡为东路；贼东路入犯，昼扯蓝旗一面，夜扯灯笼五个。

抚安、白家冲、三岔儿堡为东南路；贼东南路入犯，昼扯绿旗一面，夜扯灯笼六个。

中宁直隶墩

看到这里我不禁感慨，古人在军事战争上的聪明才智。

站在烽燧旁，往南望，黄河横亘眼前，万亩水田成方形，展现着富饶的黄河平原。长城、国道、高速、铁路顺向沿河前行。村庄上空飘着美好富足的生活炊烟。

向北看，腾格里的黄沙若隐若现，黄沙与山丘纵横交错。远处山峦上分布着4座

烽火台，这些烽火台连成一线，与山下的长城、城堡组成了一个立体的、有效的军事设施防御体系。使人更能体会出唐代王昌龄《出塞》中"秦时明月汉时关，万里长征人未还。但使龙城飞将在，不教胡马度阴山"悲壮而不凄凉、慷慨而不直白的意境。

需要说明的是，明代时期，宁夏沿黄河一带边塞防戍甚是吃紧。灵武到盐池的

长城"河东墙"主要用于秋防。而位于中卫的这段长城"河西墙"主要用于冬防，当黄河结冰时，蒙元余寇经常沿贺兰山西侧南下扒开长城，过黄河南侵。像今天，已经正月十二，天气还这么冷，回来后好几个人都感冒了。当年的将士们在三九严寒时是怎样战斗呢？唐人陈标描写悲凉的冬日守城的一首诗浮现在我的脑海中：

> 日日风吹虏骑尘，年年饮马汉营人。
>
> 千堆战骨那知主，万里枯沙不辨春。
>
> 浴谷气寒愁坠指，断崖冰滑恐伤神。
>
> 金鞍玉勒无颜色，泪满征衣怨暴秦。

据《弘治宁夏新志》记载："自双山南起至广武界止，长一百余里……"它自胜金关向东延伸，经过黄羊湾、双龙山口，越老牛湾、边墙湾、棺材山，而后向东北方向折转，再经小石墩、羊头山芦沟湖、四眼井进入青铜峡市境内，全长48公里。城墙因地制宜，充分利用地形，依山势起伏而建，所用材料就地取材，遇石垒砌，逢土夯筑，有些地段则利用天然沟堑切削而成，遇到无石无土的沙丘地带，则用树枝、芦苇与沙砾、石子层层铺垫、浇水，夯筑后相当坚固。

现在长城已断断续续有很多缺口，有自然坍塌，也有人为破坏。长城内外有石料厂、库房、粮食加工企业等，现存的长城已经被分段保护起来，扎的铁丝网很结实，人是进不去的。资料记载这段长城修建于公元1465年到1487年，属于明代成化年间，距今已有500多年的历史了，当时规模很大，最高有七八米，顶宽2米多，守兵能在上面巡逻御敌。现在虽然出现不同程度的风化，但是从走势依然可以看出它的宏伟和抗敌中起到的非常重要的作用。

说到保护长城，中宁县政府做了很多工作，如2007年在这里设立了长城文物的界桩，规定在界桩内100米的区域都属于保护范围，并将每段长城的情况都记录下来存档。在设立界桩后，全区第一例处罚工业园区企业破坏长城周边风貌的案件审理结束，对保护长城起到了一定的作用。

中宁的这段长城看着很别扭，保护圈内的长城夯土颜色不一样，给人明显的感觉是有些缺口是现在用新土补上去的，破坏了长城的原始风貌，完全失去了古长城那种历史悠久、古朴沧桑的美。这段长城的旅游资源是最好的，烽火台、岩画、长城、黄河、沙漠、古村落、石窟等都具有特色。"大漠孤烟直，长河落日圆"，这些元素能集中在同在一个地方多不容易。

保护长城，不仅需要政府制定相关的法律法规，由专业的文物工作者进行巡视和宣传，而且需要政府合理的规划和投资建设。当今不但要"金山银山"的经济增长，还要有"青山绿水"的政治定位。保护长城是一项任重道远的工作，对我而言，只能是写点文字让更多的人去认识长城和了解长城，从而自觉地保护长城。

夕阳西下，远山、长城、黄河、水田、金色的沙漠和烽火台在落日余晖的映衬下勾勒出一幅美丽的画卷，待下次再来之时，希望看到一个保护得更好，环境更美的黄羊湾长城旅游景区。

青铜峡广武长城游记

2019年1月21日

在宁夏吴忠青铜峡市青铜峡拦河大坝的南边，一百零八塔下碧波荡漾的水面下，埋藏着一个神秘的古城——广武营。它曾是"明朝边防宁夏西路要冲"，以"广布武德"之意命名。

为什么在这个地方设营呢？据《读史方舆纪要》载："广武营在镇西南百七十里。其东北为大坝堡，其西为枣园堡，又西为石空寺堡，与中卫接界，俱成守要地也。"

这里四面环山，向西十多公里就是青铜峡境内的明长城，向东十余里是举世闻名的牛首山，向西南六七里是荫子山，向西北35里是回军山；城西20里是长山，城南20里是麦垛山，城北20里是艾山。此处有诸多山脉相拥，又是黄河峡谷的古道咽喉，地理位置十分重要。

朱元璋在建国之后，为了巩固边防和经营广大内地防务，确定了卫所制。据《嘉靖宁夏新志》载："正统九年，巡抚、都御史金濂以其地当西路适中，平衍无据，兵欠联络，始奏筑城。摘中护卫（即今中屯卫）并右屯卫官军居之，以都指挥守备。成化五年，改守备为协同分守西路。又调西安、宁羌、凤翔等卫所官军轮班备御。

广武长城遗址

城周回二里，成化九年，协同陈连拓之为三里。弘治十三年，巡抚、都御史王珣又拓之为四里，高二丈五尺，池深一丈五尺，阔四丈。南门一，上有楼。"

其后，历任地方官员都较重视广武城防，屡加修葺。清乾隆四年（1739）重修，隶属宁夏中卫县，称广武营。1933年，中宁设县时属中宁县，1960年划归青铜峡市。1967年，青铜峡水利枢纽工程建成后，黄河水上涨，广武城湮没在了水库区。

我坐在游轮上俯视着波光粼粼的水面，总想通过清澈的湖水探究广武城到底在哪。当游轮停在一个刻有"青铜峡"三个大字的山崖旁时，导游告诉大家，这三个字以前是在几十米高的山崖上，山下是一条沿河古道。古道边就是黄河，黄河边是古城。后来因为建坝拦水，这青铜石刻现在就到了水面上。由此推测出，古城应该在水下几十米的地方，当然寻找不到了。至于这条古道，据《康熙朔方广武志》记载，当时广武一带"兵不骄，民不诈，士气彬雅而耻竞讼。重耕牧，尚质朴，信然诺，有古道存焉"。

游客来这里，看的是西夏的一百零八塔，观的是宏伟的拦河大坝，听的是大禹治水的故事，赏的是金沙湾美丽的风光。却很少有人关心，在这水下曾经有一座著名的边塞古城。想当年，广武营有山有水，以牛首山为首的群山四周簇拥，黄河绕城而过，充满了无限的生机和灵气。这里也曾是文人墨客等前来游览的胜地。有诗为证，明代王用宾的《出塞曲》，赞美了广武营的兵强马壮、固若金汤："贺兰山下羽书飞，广武营中战马肥。壮士争夸神臂弩，打围先射白狼归。"明代兵部尚书兼右都御史的王琼在《登广武远眺》一诗中写道："鸣沙古渡急征笳，铁骑云屯晓济河。广武人稀非土著，枣园田少尽征科。"

广武营城虽然已沉于碧波深处，但在银南地区依然流传着这样一句俗语："铁打的广武营，纸糊的银川城。"据说，康熙三十六年（1697），康熙帝轻骑简从，视察边防要塞，行至广武营，时近亥时，预驻跸休整。按照朝廷规定，兵营、城防在亥时至次日卯时实行宵禁，任何人不得擅自出入，康熙帝令随从敲广武营门，守营军士以朝廷规定为由，拒绝康熙和随从入营。康熙夜行百余里，寅时行至银川城下，通报守城军士，顺利入城。事后，康熙奖掖了广武营军士，惩戒了银川城守卫，此后，便有了民间流传的"铁打的广武营，纸糊的银川城"这句俗语。

传说归传说，康熙帝轻骑简从视察广武营是民间故事，当不得真的。至于康熙到底来没来过广武营，清俞益谟的墓志铭中有相关的记载。由此推测，康熙可能到过宁夏广武营，所以宁夏长城沿线的牛首山、四眼井及河东墙各堡等地都有关于康熙视察广武营的传说。

在水库中没有探访到"广武营"遗址，我便驱车驶向广武营西边的明长城。这段长城位于贺兰山的西门子山口，是广武城守卫的地方。长城从南而来，穿越山口沿山边而去。这里的长城墙体已经坍塌成一道土垄。我沿着长城徒步拍照，哪个角度都避不开坟堆，回头一看，长城内外似乎成了墓地，人在其中穿梭。

从西长城一路走来，长城边上的坟地伴随着长城向前延伸，为什么长城边从古到今有这么多墓地呢？原来，元朝与西夏、明朝与鞑靼等在这里进行了长达几百年的战争。贺兰虽称天险，但通城隘口甚多，需要把守的士兵很多，战事的频率也很高，将士们的尸骨便被埋在了长城脚下。

如今，长城被岁月的烟云蚀去往日的威严，只剩下一截残破的黄土墙，延伸在绵延的贺兰山下，苍凉而又凄美。一座座坟墓散布在荒芜的长城内外，仿佛一个个伤疤。

青铜峡大坝营游记

2019年1月19日

　　明时青铜峡管辖长城有四大兵营：广武营、大坝营、玉泉营、甘城子营。大坝营原名唐坝堡，原在今青铜峡市大坝镇韦桥村。相传唐代在河西修渠筑有大小两坝，即大坝和小坝（小坝是今青铜峡市所在地）。明洪武九年（1376）在大坝建堡。

　　驱车从吴忠出发，过黄河大桥，沿滨河西路逆水而上至大坝小康村，古时的大坝村不知什么模样，今天大坝人民的生活比城里人都强，在风景优美的黄河岸边，一座座别墅临水而建，居住环境真叫城里人羡慕。

　　向西沿着乡村小道通向大坝镇，冬日的乡村小道，虽然没有夏日的绿树成荫，但路旁树上的刷白抹红和树枝的黑褐色映在蓝天之中，在斜阳照耀下也是一道风景。

到了大坝镇，走入派出所问路，所长问明来意，让我们沿109国道向南走到岔路口，左边有个水利旅游区，那里就是。所长说，遗址是看不到了，但那里有个铁牛还能看到，快去吧，等天黑了什么也看不到了。

向南行不到几公里，路牌左指一公里处为水利风景区。提起水利风景区：金沙湾水利风景区、青铜峡水电厂风景区、108塔水利风景区、十里黄河长峡和牛首山寺庙群都去过，作为吴忠人，特别是一个户外爱好者，竟不知这个地方，实在是惭愧。该景区引黄灌溉历史悠久、文化底蕴深厚，早在2000多年前就已修成秦渠、汉渠。

到了门口，迎面看到两条长龙横卧，摆出"二龙戏珠"的造型。近距离一瞧，龙的身躯由54个石碾组成，象征黄河长5400多公里。

景区正闸桥旁有一凉亭，中立一石碑，碑文为"文官到此下轿，武官到此下马"，原来是为了祭奠"四渠总龙王"通智。惠农渠当地称"皇渠"，该渠由清雍正初年任大理寺正卿通智领命兴修，全长约100公里，历时4年完工，使得银川以北的大片盐碱地变为良田。

唐徕渠的正面便是唐徕闸。元朝至元二年（1336），郭守敬到西夏后，提出"因旧谋新""更立闸堰"既快又省的治水政策，在疏浚旧渠故道的基础上开挖新渠，更立渠首闸坝。明成化六年（1470），右副都御史张鎣对闸坝进行加固。明隆庆六年（1572）汪文辉将其改造为石闸。清顺治、康熙、雍正、乾隆年间先后多次组织大修。

唐徕渠旁边是大清渠闸：大清渠初名贺兰渠，为清顺治年间，宁夏道管竭忠据民所请创开，在黄河青铜峡出口西河马关嵯之下3公里处开口引水。清康熙四十七年（1708），宁夏水利同知王全臣，于旧贺兰渠口以上1.5公里，唐徕渠口之下12.5公里、汉延渠口之上2.5公里，马关嵯附近新开渠口，扩延渠道至宋澄堡，因该渠始建于清初，故以"大清"命名。现河西总干引水。雍正十二年（1734）、乾隆四年（1739）及乾隆四十二年（1777）先后重修。光绪十三年（1887）重修涵洞，光绪三十年（1904）重修渠工，光绪三十四年（1908）修压迎水坝。民国二十九年（1940）在尚家桥下戴家车门附近，新建石涵洞一座。

1953年，大清渠合并到唐徕渠作为支干渠，在跃进桥以上建闸分水，新开渠6

大坝水利工程

公里。1977年至1978年将大清渠口上延与贴渠合建进水闸并于唐徕渠进水闸东侧（2孔）。之后历经除险加固、灌区续建配套等项目实施，对渠道及配套建筑进行多次扩整和改造。

　　绕过唐徕闸，唐徕渠边的一株古旱柳，10岁小孩两手都不能抱一半树身。2008年，经林业部门鉴定，旱柳栽植于1903年，距今已是111岁"高龄"了。

　　在唐徕闸前的渠边平台上，有一头铁牛，是1950年清理唐徕渠黄河古道时出土的，耳下有"铁牛铁牛，水向东流"字样。铁牛旁边尚得铜钱一百余斤，多为五铢钱，为唐人防止河床改道而铸，故称"镇河金牛"。1966年，铁牛被毁，1988年重铸。

　　铁牛前方，便是汉惠闸：原来的用于唐徕渠引水段退水的滚水坝。2004年将汉延渠上段13公里扩整为"汉惠干渠"，并命名此闸为"汉惠闸"。

大坝营文物

　　整个景区由退水闸、汉惠渠进水闸、三闸、西干渠进水闸、潜坝等工程改造，以及汉惠渠整治，形成了青铜峡引黄灌区十大干渠渠首引水工程。西干渠与唐徕渠近在咫尺，汉延渠、惠农渠两两相望，相距不足百米处，构成了"四大干渠会师"的独特景观。到了夏天，这个水利工程引导宁夏平原曲渠导水、河湖相连、烟波浩渺、鸢飞鱼跃的自然景观和"塞上江南"阡陌纵横、沟渠星布、稻香鱼肥的田园风光就会集中展现。

　　据宁夏地方志载，明天顺年间在大坝附近发生过一次以少胜多、智取鞑靼兵的战事，史称"大坝之捷"。天顺六年（1462），鞑靼部首领率1万余骑兵攻掠固原，返回时欲毁大坝，淹灌宁夏城邑。史称"坝吞黄河唐徕渠口也，其势奔下，俯瞰城邑"。不难想象，如果居高临下的大坝被鞑靼骑兵掘开放水，其后果是不堪设想的。鞑靼骑兵于大坝黄河对岸扎营。当时宁夏镇总兵官张泰因精兵外调，招募义勇3000余人，交其子张翊率领抵御鞑靼骑兵。两军相遇后，张翊以兵车结阵，坚壁不战，鞑靼骑兵求战不得，锐气稍减。天快黑时，张翊对士兵们说：我父亲嘱咐，今夜贼兵必来偷袭，阵中奔来的是骆驼，大家不要惊慌，应奋勇抵御。到半夜，鞑靼骑兵果来，遂被打败。第二天，张翊又在河滩放牧很多肥牛壮马，引诱贪婪的鞑靼骑兵，还让会水的士兵在河中游泳、戏耍。鞑靼骑兵误以为水浅，驱兵渡河，张翊把握时机，挥军追杀，鞑靼骑兵被淹死、杀死者不计其数，于是溃逃。

此战有诗为证，《弘治宁夏新志》中收录的明代韩文《大坝登眺》：

武刚千乘自还营，万灶貔貅夜不惊。

多筹兵家惟善守，能攻老将戒轻行。

虏酋丧胆闻风遁，农夫欢心带月耕。

独倚戍楼凝望眼，长河东注水澄清。

有水源的地点通常是兵家必争之地。举足轻重的大坝营守护着宁夏平原生命、生产的安危，不知道多少名将在这里坚持，苦苦守护着身后的家园。正因为这些水利设施的安全运行，才使银川平原成为宁夏最富庶的地区，风光秀美，稻香鱼肥，有"天下黄河富宁夏"之说。

庙山湖长城游记

2019年1月1日

　　说来也怪，贺兰山绵延不绝，余脉向南延伸，如蛟龙盘伏于大漠之上。山色青黛，大漠雄浑，天地造化，就在这山脉东侧的大漠之上，竟有一处宝地，泉水喷涌而出，不因天旱而枯涸，不因雨涝而增大，日日夜夜，川流不息。雄奇苍凉的青山大漠，因为这泉水而有了许多神秘与妩媚，添了几分生机与秀色。大漠中有山、有泉、有长城，所以是吴忠户外经典徒步线路。

　　车过小坝市区至沿山公路向西拐进沿庙路，沿一条砂石小路逶迤西行，杳无人迹，拐过一座小山坡，面前是一大片草地，扶疏的树木，数间古朴的民房，远远现出一座寺院，青顶红柱，黄芦掩映，殿后耸立一座宝塔。

庙山湖塔

　　车到寺前，但见一泓湖水包围着寺院，碧波荡漾，景致无限，湖边是莽莽苍苍齐腰深的枯黄色芦苇，在寒风吹拂下点头迎客，十分壮观。看着这池碧水，在严冬之时竟不结冰，想来泉水也热情迎接我们远方的来客。而朋友西楼所讲的泉水的传说为庙山湖增添了神秘的色彩。

　　相传很久以前，离黄河西岸五十里的地方，有个沙石山，山脚下住着一户有钱人家。一天，来了一个要饭老头，蓬头垢面，穿着破衣烂衫，手臂上挎着一个破篮子，来到寨前，敲着红漆大门喊道："给点吃的吧，给点吃的吧……"大门慢慢地开了一条缝，从里面探出一个脑袋，斜着眼睛吼道："去去去！哪来的叫花子！"老头哀求道："老爷！就给点吃的吧，哪怕剩饭剩菜也行啊。"里面的人"哼"了一声，瞪了一眼。老头又哀求道："要是没吃的，给点水喝吧。"可那大门早已关上了。老头口中念念有词，不一会儿，寨子便不见了，此地变成了荒凉的沙滩。

　　老头继续往前走，对面来了个背水桶的男娃娃，到老头跟前，停住脚步问道："老爷爷，您到哪儿去呀？"老头打量这娃儿嘴唇裂开了口子，衣裳挂成了条条子，光着两只脚片子，便问道："你要到哪里去？"娃娃说："我们这里没有水，要到前面去背，我早上出去，到现在才背了一桶水。"老头试探着问："我现在又渴又饿，你能给我点水喝吗？"娃娃放下水桶，爽快地说："行呢，您喝吧！"老头便咕嘟咕嘟喝掉了半桶，然后对娃娃说："我喝得太多了，怎么办呢？"娃娃说："没关系，喝完了我再去背。"老头又说："我饿得不得了，能让我到你家吃口饭吗？"娃娃说："行呢！我家快到了，跟我走吧。"走着走着，老头看见人们光着膀子在耕地，地干得冒烟，牲口累得直喘气，狗吊着舌头乱跑呢，便对娃娃说："我走不动了，你回去找点吃的给我拿来吧！"娃娃"嗯"了一声，就赶快走了。老头从怀里掏出宝瓶放在地上就走了。等到娃娃拿着干粮来时，老人已不见了，只见地上两眼清泉，泉水喷出老高，流到低洼处，成了一个大湖，就是现在的庙山湖。

　　寺庙不大，供的无非是观音、如来、普贤、文殊。院里原有两个泉眼，一个已经不出水了，另一水柱有碗口粗细，汩汩有声，掬泉水饮之，十分甘甜。

　　遗憾的是寺庙大门口处，前些年有一处沙泉，里面泉眼密布，泉水冲起细沙随水翻滚，掀起了细细的沙浪，人们站在池塘边一跺脚，那些沙浪便随着震动不断地呈现各样各色的花纹，美不胜收，现在已无踪迹。

围寺庙而转，同行朋友西楼指着湖边道，以前户外时在此扎营。绕到北侧，有一遗弃古砖窑，观外侧自然石块围墙，应该是建庙时所用。院的南边湖边是泉水压到湖边的暗管，在汩汩地向湖里灌水，整个湖面碧蓝清澈，没有结冰，应该是温泉吧。

出了庙山湖向西有条平展的土路，路碑为坦克路。前行5公里便到红敦凹山长城。首先看到的是一个高高的敌台，好似小山头，又像人工所建。为求证，我与西楼爬上高台，上部由石块所筑，估计是在修筑一些敌台时，根据山川地势灵活而建，即将部分具有巡守监视作用的台体直接建于山体脊部，只是其位置脱离墙体，这样，一个既能瞭望又易守难攻的敌台便建成。

站在敌台，四处瞭望，长城位于红敦凹山下，地形复杂，山势险峻，自古以来为军事要塞。长城随山势走向修筑，呈南北走向，南接广武芦沟湖，北接鸽子山。沿线分布着众多烽火台、城堡等遗址。其墙体多为黄土夯筑，个别山地为石块砌筑。由于风吹日晒，现已残破不全，墙体犹如刀刃向天而刺，又如纸墙亭亭而立，虽然

庙山湖塔长城

有许多断口，但从整体上来看，长城依山势而行，曲线玲珑，身形优美。

向东瞭望，雄奇辽阔的边陲大漠，黄沙茫茫，气象万千。东北方向崛起了一排排风车，似流星划破时空。现代化的贺兰山风力发电厂与古老的长城峰燧在这里交融成景。西边雄伟的贺兰山高耸入天。昂首望天，湛蓝如洗，一幅塞外长城的美丽画卷呈现在眼前，我不禁放声高呼：美哉，长城！

庙山湖塔长城

听西楼的安排，我们向南北两个方向徒步至遥望远方最高处的一个敌台，太阳偏东时，行在长城外侧，太阳偏西时走在长城内侧，这样便于摄影。来回估计15~20公里。

该段长城建于嘉靖十年（1531），是为了防御瓦剌、鞑靼和元朝残余势力侵扰而建，属于青铜峡大坝至三关口的"西北门墙"。全长百余公里，分布有敌台、烽火台、狼烟台，另外还分布着多处采石场、挡马墙、壕堑、山险墙。由于远离人类居住地，这里虽然破旧，但墙体、敌台、烽火台、关堡、拦马墙、山险墙在此都能找见，囊括了宁夏长城所有的雄伟和险峻，充分体现了长城是一个设施完整的军事防御体系。

　　当年修筑长城时，这里沙砾多土壤少，于是士兵们遍剖诸崖谷，得壤土数处。又因无水，做水车100辆，到5公里远的庙山湖取水，将壤土、砾石相拌，夯筑而成，坚固异常。现在落得如此残破，我认为主要原因有三：一是风吹日晒，西北少雨，但日光充足，太阳直射加风化，长城逐年消瘦，原来丰满健壮的躯体现在变得苍老体弱，随时都有倒塌消失的可能。二是洪水冲击。洪水是破坏长城的主要杀手，长城的断断续续主要是山上每个排洪沟所致。三是人为破坏。长城上放羊人为圈羊和自住挖的洞随处可见。如不加以保护，再过若干年，这段我们引以自豪的长城将会消亡。

　　行走在长城两侧，跨壕堑、登烽火台、观敌台。我们依然能想象出此地当年金戈铁马、硝烟弥漫的战争场景，感受到那一段历史的真切与鲜活。

鸽子山长城柳木皋烽火台游记

2018年1月6日

　　游历鸽子山，竟走了两趟，2018年1月3日下午，我和朋友三人驾车前往。大方向在庙山湖，到沿山公路向北（庙山湖向南）行约5公里后向西拐进乡村柏油路，进入半荒漠地区，路边有大片葡萄基地和一个葡萄加工公司，行至一小石山旁，到达目的地。

　　石山不高，但山石形状奇特，怪石林立。山顶有许多岩洞，有火烤烟熏的迹象，似有古人居住，正游览之时，听见一声惊呼：鸽子石。抬头一看，真有一块巨石形似卧鸽，趴在山顶。

1月6日再探，小山东面有户人家，车径直到院中，女主人问明情况，唤出其老父指路。老者姓白，就出生在小石山的山洞里，后在山前盖了一院住宅。他对周围山山水水全部知晓。石山西北是部队靶场，部队曾来人找到白老做向导，对此地山丘、沟壑、山泉、草原、长城等地名一一指正。他自豪地说，你们找到我就找对人了。遇到这位热情的地导，是此行的福气啊。

白老介绍，此地名叫鸽子山，可能由于小石山洞穴较多，又温暖，适合野鸽子筑巢。日落时分成群的鸽子盘旋此山，蔚为壮观。山的正西5公里左右就是巍巍贺兰山脉的柳木皋山，山南边的大沟叫双河子，那里有一道梁为界，南面属于庙山湖，北面就属于鸽子山了。

有白老带路，车向着正西贺兰山方向前进，荒漠土路扬起一阵灰土，离山较近时已无路可走，车要下一陡坡进入小路。慢慢驶下陡坡，柳木皋烽火台逐渐清晰，拍个远景车就到了长城脚下。

长城脚下住着一户人家，女主人热情地将我们迎了进来。说明来意，女主人讲起自己的职责："我在这里住，负责看守柳木皋烽火台，有规定不准游人上去的。"白老补充道，柳木皋烽火台是这段贺兰山的最高峰，始建于明代，用不规则的石块砌筑而成，形状呈方形覆斗状。其中，东西宽18.8米，南北长23米，墩高13米，顶宽22米，主要用于古时通报敌情发送信号。海拔2162米，气势雄伟，十几公里外就可以看见。对西部草原也能瞭望几十公里远，是当时西长城最重要的一个烽火台。现在部队在烽火台边安装了一个铁塔，铁塔边有一机房，外人不能上去。我抬头看着柳木皋高耸的山峰，它在古代是军事要塞，到现在还是军事重地。

据《汉书·地理志》记载，"灵武，莽曰威成亭。"汉代灵武谷就在今宁夏银川西南一百公里处柳木皋，即现今的邵岗镇境内。柳木皋因地处贺兰山东麓，贺兰山以西的鞑靼经常纵兵入犯。而此地前有黄河天堑，背靠贺兰山脉，遂成为防御外侵、重兵扼守的战略要地。在此地发生过多次抵御鞑靼入侵的战事。洪武十三年（1380），西平侯沐英率军过青铜峡市灵武口（今大柳木皋），擒元国公脱火赤、知院爱足等。

明洪武二十六年（1393），为加强对边塞军事重镇的控制和治理，明太祖朱元

柳木皋烽火台

璋诏第十六子庆靖王朱栴主理庆阳、宁夏、延安、绥德诸卫军务，就藩于宁夏。朱栴来到娑罗模山灵武口（今邵岗堡境内大柳木皋山），正值秋季，天高气爽，大雁南飞。他触景生情，不觉浮想联翩、心生感慨，写下了《灵武秋风》一诗：翠辇曾经此地过，时移世变奈愁何。秋风古道闻笳鼓，落日荒郊牧马驼。远近军屯连成垒，模糊碑刻绕烟萝。兴亡千古只如此，不必登临感慨多。

这首诗选自《宣德宁夏志》。"灵武秋风"是朱栴删修的西夏八景之一。原诗题下注："灵武山在林皋堡西，每岁秋七八月，声如风撼。"从历史资料可知，此地就是贺兰山的一个大风口，所以宁夏早期的风电厂就设在这里了。

大柳木皋山脚下坐落着一个古城堡，应该是林皋堡，属方城，边长175米，早已坍塌，只剩墙痕。当时应与山顶上烽火墩遥相对立，守护着边防。现在这户人家居住在荒野之中，守护着柳木皋铁塔和长城烽火台，也在为国防贡献自己的力量，令人敬佩。

"滔滔黄河作屏障，巍巍长城卫边塞。四大兵营踞要津，九大古渠扼平原。"

鸽子山长城

　　青铜峡自秦汉时期就是军事战略要地，到明朝时期，北部边防线上已经相继设立了
辽东、蓟州、宁夏、固原、甘肃等9个边防重镇，史称"九边重镇"。

第9站

北岔口长城游记

2019年1月12日

　　北岔口长城在宁夏名气很大，俗称"宁夏长城的八达岭"。我爬过了各段有名气的长城，唯独最为人们所熟知的"宁夏八达岭"一直没去过。游过柳木皋后，下一站就是北岔口，我虽向往已久，但不知路线，走前做功课上网寻找。怪哉！所有资料都是"北岔口长城位于青铜峡市以西约40公里处的贺兰山南麓的营子山"，输入"北岔口""营子山"，百度、高德地图全无结果，再查其他资料和游记，均是这句话。问去过的朋友，只是一句话——就在风电厂那里，具体线路也无法说清。

　　"不到长城非好汉"，"走长城"的步伐是不能停止的，我对朋友神话说，过青

北岔口长城

铜峡市区，沿 G101向西约40公里找吧，当地人应该知道。虽然不知路线，但寻找未知的世界，不仅增加了此行的乐趣，还有种壮怀激烈的神往。

车向西穿过小坝市区快到 G101国道时，路南小坝发电厂拔地而起，高耸入云的冷却塔冒着白气。蓝色天空下，背景群峰连绵，在冬季午后的阳光照耀下，四周金黄色的芦苇和蓝色的湖水相映，风景美丽如画。

到了 G101国道右拐向北，车行10公里有余，路边突然出现一指示路牌，标示北岔口长城向前行驶，真是踏破铁鞋无觅处，得来全不费工夫。

行至16公里外，路牌指引向左到北岔口长城，沿一土路向西进入荒漠地区。越走越远，不见长城，此时我们才明白，离市40公里是指北岔口，不是指沿山公路的40公里，现在从沿山公路向西还要行走20多公里，路况极为不好，车轮扬起的白灰形成了一道白浪。

在摇晃的行驶中，有人喊：长城！大家向北望去，一个烽火台耸立在沙漠之中，再往前走不到1公里，一道长城屹立在风车之下，伸向远山。

北岔口风电长城

行到路尽头，是宁夏电力公司贺兰山风电厂办公区，拐到右边有一道土路。长城东面一片荒芜，长城西边，数百台风力发电机擎天而立、迎风飞旋，在贺兰山清奇峻秀的背景下，在广袤的旷野之上，形成了一个蔚为壮观的风车大世界。

长城西边立有内蒙古阿拉善左旗政府保护长城的石碑，相隔一道长城，东面立有宁夏青铜峡市政府保护长城的石碑。

长城豁口处，有一群羊正在等待检测，这是从内蒙古向宁夏贩运的羊只。仔细一看，立有一块蓝色牌子，写着：青铜峡市动物防疫检测站。古人的贸易应该也是从这个豁口进出吧。遥望长城南边，是柳木皋长城。

长城到这个地方的军事防御功能似乎更加完善，两道长城相隔约50米，平行伸向山里，西墙为石砌约2米高，北墙为土筑约8米高，更为神奇的是西长城西侧还有一道沟堑，深2.6米，宽9米。西墙高度加沟堑深度就有4~5米高，敌人的骑兵是怎么也冲不破这道防御的，即使下马翻过，后面还有一道高墙，弓箭手就在那里等待。这样完备的长城防御我也是第一次见到。站在高处向西展望，几百个风机竖立在平整宽旷的草原上，这个山口多么适合骑兵大规模进攻啊，若不增加沟堑和西墙，只凭一个东墙根本抵挡不住敌人的进攻。

到了营子山下，我被眼前的景色惊呆了，这就是找了又找的"八达岭"啊！两道长城顺着北直到山腰合并在一起，然后开始分岔，气势极其磅礴的城墙，依山势向两侧展开的长城雄峙危崖。一道向东北延山边伸向茫茫草原中，视野所及，不见尽头。一道依山走势，上山的长城也是两道石砌、土筑长城，它纵横交错，依山势走向蜿蜒盘旋于高山峻岭之上，起伏于山谷之中。山上长城地势险峻，居高临下，犹如一条巨龙弯弯曲曲地盘在山上。

虽然不及北京八达岭长城那么壮观，但立体的分岔和山上盘旋的图案却有几分相似，在北方，土筑长城大多损坏仅留残体的情况下，这一段被称为"宁夏长城的八达岭"是不为过的。

登高望远，南边10里许海拔1579米的大柳木皋山拔地而起，山顶上筑有一座烽火墩，与北岔口烽火墩遥相对立。

从长城的构筑方式、筑造特点等方面来看，此段墙体地段位于贺兰山山前台地上，属于以夹杂小砾石的黄沙土分段版筑而成的夯土墙，其选材并未有严格规定，一般均属就地取材，在地势相对较低、周围黄沙土堆积较多之处多用黄沙土夯筑而成。土内多含有小石粒等，夯打坚实。其夯筑时根据地势，一般先夯筑底部基础（个

北岔口长城上的羊

别底部尚有用石块垒砌的情况），等找平以后再分版夯筑，保存较好，夯土面上野草生长，至今尚不多见。从保存状况来看，此段墙体整体保存尚佳，墙体较高，厚重敦实，壁面陡直。从断面来看，其夯筑均是分次夯筑，即先夯筑内侧主墙、然后再以主墙为中心，两侧再加夯附墙，从而构成一道宽厚敦实的实体墙体。墙体人为破坏相对较少，残损以自然损害为多，破坏痕迹十分明显，典型的有冲沟发育、壁面片状剥离和粉状脱落、底部风蚀凹槽等。其病害主要有山洪冲蚀、风蚀、雨雪冻蚀、动物掏洞侵害等。

夕阳西下，暮色四合，月儿已高高挂在长城上空，一架战机驶过，似流星划破天际。夜色中的北岔口更加深沉苍劲。几百年并不意味着它苍老，它是一座丰碑，巍然屹立，时刻守护着它脚下的土地；它也是一部不朽乐章，在不同的时代，奏响同样雄壮与激昂的乐曲，激励着世世代代的中华儿女，挺起胸膛，勇往直前。

第10站

甘城子兵营游记

2019年1月26日

　　周六，天气晴朗，朋友神话约拍长城，我说，走甘城子兵营。神话疑惑，是长城还是兵营？我解释道，绵延纵横的长城与城堡、墩台、烽火台左右连属、前后连属，共同组成古时的防御体系，才能西控大漠咽喉要道之险。所以兵营是万里长城重要的组成部分。青铜峡自秦汉时期就是军事战略要地，明朝时期设立了广武营、大坝营、甘城子营、玉泉营，前有黄河天堑，背靠贺兰山脉，长城遂成为防御贺兰

甘城子兵营遗址

山以西的鞑靼纵兵入犯的屏障。这四大兵营中，广武营已淹没在库区，大坝营上周去过了，今天走甘城子营和玉泉营。

车行至青铜峡市邵刚乡以东约16公里，向西进入一片葡萄园区。甘城子古堡就位于这大片大片的葡萄园中。途中经过四个酒庄（古城人家酒庄、禹皇酒庄、温家酒堡、甘城子酒庄），现在是冬天，虽然没有葡萄园绿色连成一片的壮观景色，但从整齐的水泥柱和铁丝网的种植设施也能看出这片葡萄园区的规模不小。

古时的甘城子兵营的环境可不是这样，"甘城子，干城子，风吹沙石跑，树上不落鸟"，这是往日人们编的一句顺口溜，形象地描述了甘城子恶劣的自然条件。兵营设在这里，在古代是战马嘶嘶、旌旗猎猎的边塞战场。甘城子兵营始建于公元

甘城子兵营遗址

1473年，距今已500多年了。

500多年前，我们的祖先不用一砖一瓦，在这戈壁荒滩上建成雄伟的长城和城堡。现在甘城子古堡已经很破败了，远远望去，也许有人会以为它是沙丘，或是农民修筑的土墙。走近，首先映入眼帘的残墙外立着一个标牌，上面写着政府保护古迹的标语。下面有个石碑，标明这里是甘城子古兵营遗址，四周用铁丝网保护。沿着残垣断壁行走，可以看到一座完全坍塌的烽燧。

墙垣总体保存尚好，城墙为夹沙黄土夯筑，南北长250米，东西宽200米，西墙筑有墙基宽8.3米，存高7米，与西面贺兰山上的明长城，遥相呼应。

东墙头有两个墙洞，城门在东墙中间，城门向东伸出一个20米左右的残墙，应该是瓮城的一个边墙。墙脚厚处有挖窑洞住人的痕迹。

北墙已无连体，高低错落，人畜可进。东墙还能连三分之二。最具讽刺意味的是，堡外有保护古迹的标语，堡内却全部种植了葡萄。

在宁夏的古城堡中，青铜峡甘城子古堡是最名不见经传的一个。作为明代的防卫要塞，历经数百年的沧桑，甘城子古堡的面容已经模糊不清了。那高大残破的土墙，见证了中华民族不屈不挠、英勇抗击外患的战斗历史。遥望远处的烽火台和隐约可见的古长城，可以想见当年的金戈铁马。

如今，这里只有风和沙子在空中回旋，只有寂静的阳光打在这些用黄土夯成的蜿蜒的城墙上，还有那些在城墙边叶子哗哗作响的白杨，剩下的，是荒芜和空旷，而这些却也为甘城子古堡带来一些独有的魅力，让我们在历史的时空里回想那些遥远的往事。

玉泉营游记

2019年1月28日

　　结束了甘城子的探寻，导航前往玉泉营。

　　车向东北方向穿梭在乡村公路上约七八公里，导航提示到达目的地。往车窗外搜寻，西侧几间农家院落旁边有几个土台，像土夯城墙的残迹。东侧一个高高的土台上的一座房屋好像是寺庙，前面还有几家农户，环境有点乱。我说应该就是这

玉泉营遗址

玉泉营遗址

里了。

朋友神话说不可能，玉泉营这么大的名气，遗址怎么也得像甘城子那样有个围墙吧？我来时查过文献，玉泉营位于古昊王渠和唐徕渠两条引黄灌溉渠之间，渠水自南向北流过。水草丰美，土地平旷，湖沼密布，有塞外江南风光，令人流连。你看这周围既无湖又无泉，就一个散乱村庄，不会是玉泉营古城。

甘城子古城位于半荒漠地区，这几十年才引水开发，种植苹果和酿酒葡萄，古城才得以存在。而玉泉营古城从古到今都在开发种植粮食，加上以前围湖造田，村民挖墙取土，现在能留个土堆就不错了。

古城遗址为土夯构筑，已相当破败，仅余北边和西边的断壁残垣。北边一段最高处目测有4米，至于西边的一段更是破败，远观像小土丘一样。绕到玉皇殿东侧残留土梁上，立有一石碑，写着：古玉泉营遗址。这下确信无疑。

营者，驻军之所在也，自古就是兵家必争之地。险峻的贺兰山至此，山势向西逐渐平缓，和南边不远的牛首山形成犄角之势，玉泉营正处于两山缺口处，故在此设营。南邻营桥村，向西约2公里是包兰铁路玉泉营站。西边可望巍巍贺兰山及万亩葡萄园，东边涛涛黄河由南向北流过。东至黄河15公里，南至广武营分守岭30公里，西至贺兰山15公里，北至宁夏省城45公里。

明弘治年间，玉泉营驻有官军，设官军仓场。嘉靖年间，属南路邵刚堡。万历十五年（1587）筑城，在唐徕渠西。设守备、游击，为南路玉泉营，现为邵刚玉泉村。营城遗址尚存，南北长337米，东西长500米，残墙高9米，城有东门、南门，四角有墩。

明代军事建制中有3000多人一个营的营哨制，想想这个营地鼎盛时期是多么繁华！明清时，玉泉营是当地人同蒙古人交易商贸的地方，十分繁荣。玉泉营建有众多寺庙，香火旺盛，但如今寺庙牌楼等已被毁，巍峨的城墙也被推倒了不少，只留下残破的遗址，令人扼腕叹息！后人在城北墙楼原址建有玉皇殿、王母娘娘庙和求子观音殿，但寺庙有点简陋，烟火不盛，全无意韵。

此地发掘出唐墓和清墓两座古墓。

1976年，在邵刚玉泉营昊王废渠西岸，宁夏博物馆工作人员先后两次发掘出11座唐代墓葬。发掘时，这些墓已经被盗掘破坏。从墓葬的形制看，墓室以砖砌的长方形为主，墓壁向外略有弧度，墓门向南，正对墓门的后壁，前面用砖砌出高于墓室的棺床，其余两面有放置随葬物的砖台，墓顶原为四角攒尖式。随葬品有大宗陶器，少量铜器，陶器有瓶、罐、碗、灯、井的模型；大量的陶俑，如仆俑、骑马俑、文臣俑、武士俑、胡俑等。骑马女俑双鬟贴面，黑发中分，髻垂脑后，白面施粉，口露朱唇，身穿反领橘红色长袍，胸露翠色，圆领襦衫，足蹬黑履；左臂下垂，右手作持缰状，造型生动。出土的铜器有铜带饰、开元通宝铜钱等。

1990年11月，在邵刚唐徕渠西岸的玉泉营，机耕队推土时发现一座砖砌拱形、南北相连的三室墓。陪葬品被窃殆尽，残存的有字木牌，名旌金字清晰可见。南室为将军尸——木乃伊，中室残存两具尸骨，北室为一女性尸骨。将军尸的外衣前襟，有金色麒麟图案。

据考证，墓主周贵，字荣吾，直隶东宁卫（今河北省怀安县）人，生于清顺治二年（1645），卒于康熙五十六年（1717）。康熙十年（1671），官台州（今浙江省临海市）副将，在任3年，治军严明，凡官军借住民房，务令主客相安；对地方轻徭薄

玉泉营遗址

赋，其得民心，盗贼屏迹，海疆晏然。后任河池营（今广西河池市）参将，诰授骠骑将军，协镇广西。73岁时，卒于宁夏。

古老的玉泉营虽然现在破旧不堪，却给后人留下了太多的谜。逝者如斯，时光如水，当我们流连于古营遗址，感叹着玉泉营历史的独特与神秘时，更多地想知道明朝时期的宁夏兵营制的社会、文化、生活等状况。玉泉营遗址和古墓的存在，给我们提供了悼念先民和怀念历史的处所。

三关口长城游记

2019年1月31日

　　1月31日清晨，从梦中醒来的我习惯性往窗外一看，一夜酣梦过，万树银花开。一个冬天盼望的景象呈现在眼前。自"走长城"以来，拍的长城照片全是土黄色，有朋友提意见，游记还不错，就是照片总是单调的黄色，你能不能把长城拍得色彩丰富点呢？我心想，这是北方的冬天啊，除了雪天，我怎么能拍出丰富的色彩？雪是那么宝贵，你盼着它，可它就是不下。今早这突然的惊喜，给人一种不真实的错觉。

　　和朋友约着吃完早茶，商议再次"走长城"。有朋友说别高兴得太早，这里下雪，山里不一定下雪，上次吴忠下雪后，几个朋友到长城去拍雪景，可走到城外就没雪了，只能扫兴而归，再说雪天行车和爬山都很危险。可我坚信我的真诚是能感动上苍的，不会一整个冬天不给我一次拍雪景的机会，于是坚持出发。

　　车行至110国道和阿拉善左旗路口，询问路人，才知道要去这个长城，不能走高速路，只能走国道。前行不远，遇见一群野马在雪地寻食，欲停车拍照，却把马惊跑了。据说在这片贺兰山下的荒原有好几群野马，摄影爱好者若能抓拍到野马和长城同框，那就是大片了。

直到关口处才看到残断的长城遗址。抬头所望，三关口山势嵯峨，两山之间是黝黑的两条公路和一条干涸的河床，长城被国道和高速公路劈成了两半，北边的那段在山上，南边的在贺兰山山麓。北面的长城从高山上逶迤而下，跳过公路和河床，又沿南面的山坡继续伸向遥远的天际。这里山脉蜿蜒曲折，地势雄奇险峻。

观看南边的长城还是爬北边的长城？正在犹豫之中，从南边便道开过一辆越野。两车相遇，才知遇到了长城专家李老师。李老师是摄影爱好者，是一家摄影协会的秘书长，专拍长城已三年多了。他成立了一个"长城深度采风行"的团队，聚集长城爱好者90多人。他经常来三关口长城，今天也是因为下雪的缘故，来拍雪中长城。李老师刚拍完南边的长城，准备再去拍北边山上的，他说三关口南边的长城是全区长城保护最好的长城，但因长城紧挨山边，现在已无阳光照射，建议我们跟着他拍摄北边山上的长城。

山路已经被轻柔的雪花覆盖，在吱嘎吱嘎的踏雪声中，我们聆听着李老师讲述三关口长城的故事。

三关口明长城位于银川市西43公里的贺兰山南部。三关口又称赤木口，此关口是宁夏与内蒙古阿拉善左旗的交界地，银川至巴音左旗的公路穿关而过。三关，即从东向西，设头道卡、二道卡和三道卡，后人称为三道关。原两山夹峙的山坳中，建有关隘。一水中分，山陡壁峭，仰望山峰巍峨，下视谷底险峻，地形十分险要，颇有"一夫当关，万夫莫开"之势。

我问，那两关在哪？李老师说，过头道关顺公路向西约2.5公里即为二道关，今仅关口南侧的山头上残存一座夯土墩台。过二道关顺路向西，山谷渐趋狭窄，约2.5公里后，便仅为两壁相夹一道，十分险要，此处便是第三道关。修银巴高速公路时，此关的最后一些遗址也被铲平了。

据史书记载，鞑靼和瓦剌等部经常从内蒙古阿拉善台地进入贺兰山赤木口（今三关口），直驱中原，统治者为了边防安全，嘉靖十年（1531），宁夏佥事齐之鸾"万

三关口长城

金",修筑了三关口明长城。南起大坝堡,北连三关口,长达80公里,后被风沙填平。
嘉靖十九年(1540),宁夏巡抚杨守礼重新修葺了旧有边墙,增筑了三关口以北长城,
头道关关墙南北与长城连接。此地山势开阔,是"缓口可容百马"之处。

　　北侧城墙沿山脊向北延伸,墙体以石块垒砌,城墙每段拐弯处,各有墩台一座,
墙、墩台已残损,仅留部分基址。头道关向东南延伸的长城,至今保存较为完整,
墙体高约7米,基宽6.5米,顶宽3.5米,墙顶两侧筑有女墙。

三关口长城

历史上的三关口，是一处北出塞外的雄关，自古就是战略要地。即使在唐代这样的盛世，三关口同样维系着关中的安危，一旦关中动荡，三关口就显得尤为重要。明代更是烽火不断，这里一直是明军和鞑靼、瓦剌较量和争夺的要地。到了1949年8月，人民解放军大兵压境之际，国民党仍想凭借三关口之险据守。古今之例，足见三关口的重要地理位置和独特的军事作用。

越往上爬，山形越陡峭，脚下容易打滑，山上最高气温应该低于零下5度，我两腿膝盖酸痛，冲锋衣下，背脊已经浸满了汗水。待我爬过去一看，山前山后都无法攀登，为了安全，只好就此打住。

此时虽未到山顶，但也很高了，极目四望，高处白雾弥漫，望不到山顶，下面一路茫茫积雪，群山披雪，似银蛇逶迤曲折，一堡、一墩、雪中黄墙连成一气。峰岭薄雾雪苍茫，漫山遍野草地挂银，东边空旷的小山峦上，黑色的地表隐约有白色点缀。三关口长城雪景犹如一幅幅似水如墨的风景画。望着这样的美景，你便能真正地体会到毛泽东《沁园春·雪》中的意境，以及"山舞银蛇，原驰蜡象，欲与天公试比高"的豪情壮志，顿时让人感到热血澎湃，连那一丝冷意也都没有了。

今天的三关口早已失去了最初抵御外敌的作用，但经历了长期的风雨侵蚀与人为破坏，仍保存至今，成为历史沧桑变迁的见证。

我走着想着，仿佛看到了古代士兵在这里驻守长城的模样，即使在这样寒冷的雪天，但是他们却岿然不动地守护着长城。任凭雪花飘落在冰冷的盔甲之上，他们也没有放下握在手里的兵器。

冬日的残阳淡淡地洒向残破的墙头，凛冽的寒风呜咽着，像在诉说着几百年前的往事。瞭望莽莽群山，白雪皑皑，长城似巨龙，沿着巍峨的山峰蜿蜒，时而蛰伏，时而昂头。城墙虽然残破，但却不失威严，携着历史，裹着沧桑，一路向南而去。

NINGXIA CHANGCHENG FANGGU **第13站**

韭菜沟长城游记

2019年3月17日

　　周三，朋友非余微信询问走长城的事。我答，按计划这周要走韭菜沟长城，目前这个季节风景是否优美我不敢保证，但是韭菜沟的文化底蕴之深，是我们所走长城里不多见的。对于历史专业出身的非余来说，听到这句话便心动起来，说道，简单说说。我说，概述起来呈"三、二、一"的特点。"三"就是有"三个文化"：沟口的北武当庙的宗教文化、韭菜沟的军旅文化、明长城的戍边文化；"二"就是两个长城，山上的明长城、山洞里的现代长城；"一"就是共同的特性——神秘。你想不想走这趟寻幽猎奇之旅呢？这个诱惑真是不小，非余连声说道，走，走，走！

　　非余问起韭菜沟的来源，我答，顾名思义，盛产韭菜。传说它是专为西夏国皇宫供应韭菜的地方。非余继续发问：宋朝时我们这里有韭菜吗？我愣了一愣，这个问题我还没想过。回来查了一下，还真有！宋代菜肴种类繁多，大致可划分为：肉禽类、水产类、蔬菜类、羹类、腌腊类。其他几类就不介绍了，只看蔬菜类：韭菜、莼菜、茭白、莲藕、冬瓜、茄子、豆芽、竹笋、小白菜等，豆腐也非常普及了。

　　事实上韭菜沟又名九泉沟，是不是与建寺时喷出了九道泉水有关？韭菜沟是不是九泉沟演化而来的？不可知。反正这里就是著名的北武当庙——寿佛寺的所在地。因为这里建了武当庙，所以，老百姓又把韭菜沟（九泉沟）的山叫作武当山，而"韭菜沟"（九泉沟）的名字却很少有人再叫了。

　　再往前走一段路，一个红色的门柱格外引人注目，"韭菜沟军事文化园"挡在

武当庙

前面，我介绍说，这就是"三个文化"中的军旅文化了。

进了大门，有几间老式库房，路侧立有"兰州军区综合仓库旧址"的标识，走过仓库，是一条蜿蜒向上的水泥公路，据说是20世纪中叶因国防建设需要而修建。路不宽，但经过多年风雨侵蚀，仍旧坚实平坦，毫无坑洼之处，可见当年工程修建的品质之高。

这段山路空气清新、风光秀丽、沟道蜿蜒、山势险峻、奇峰林立，路紧靠着蔓延的山体，两边水泥修筑的排水沟里，清冽的泉水由远处的韭菜沟潺潺流下。几个摄友边走边拍，兴奋不已，峡谷中的景区"情侣峰""天门洞开""山神巡游""力士探险"浑然天成，美不胜收。

山路虽然平坦，但山势险峻，一处转弯路上竟有落石，看到山坡的危险指示标牌，才知是滑坡、落石危险的地段，小心快步走过，映入眼帘的是山巅之上的长城片段和山坡上的烽火台。

山坡不高，但很陡，碎石坡很难攀登，艰难攀上后，是一座土夯烽火台，半边坍塌，站在台下，向东的山坡上有一座烽火台与之遥遥相望，刚才看到山巅的长城应该在那个烽火台的东面，但找不到上山的路。

下山碰上一对情侣，他们自告奋勇地领路，将我们带回能看到长城的地方，指着山沟的坡说，你们就从这里上去吧。

约40分钟后爬到山顶，一段长城蜿蜒起伏于山口之间，又绵延起伏于山脊梁上，山口处有一座底座是石头、上身夯土的烽火台，长城蜿蜒曲折地伸向山顶，山顶有一座石垒烽火台，整段长城龙盘虎踞，雄伟壮观。

韭菜长城

长城墙体的修筑就地取材，不同于其他长城，要么土夯，要么石砌，这里的长城是底部石砌、上身土夯。石基还行，土夯墙体已损毁剩半了。石砌烽火台四角已有坍塌，裸露之处有松木椽头三层。仔细观察，山顶无树，这些松木应该是从远处原始森林运来。据说明代在建造石砌烽火台时，白天砌好的工事夜里坍塌，于是派人从贺兰山原始森林砍来松木，先铺一层松木，再砌一层石头。这样建成的烽火台十分牢固。

站在烽火台下的制高点，极目远眺，一览众山之小。无尽的峰峦沟壑皆在脚下，远处的城市如地图般呈现在山坳里，雾气茫茫中，公路、楼房、绿色植被，一切尽收眼底。

此情此景，有诗为证，明代金幼孜出郊观猎至贺兰山，写下了这样的诗句：

> 贺兰之山五百里，极目长空高插天。
> 断峰迤逦烟云阔，古塞微茫紫翠连。
> 野旷旌旗鸣晓日，风高鹰隼下长川。
> 昔年僭伪俱尘土，犹有荒阡在目前。

这段古老的土长城经过岁月的磨砺侵蚀，已然失去了昔日雄浑的风采，但仍旧屹立在条条山脊之上，默默地记录着历史的沧桑，点缀着贺兰山的时光长河，诉说着边塞的历史风云。塞北的风吹了千年，山脊的长城仍旧挺拔，时刻提醒着我们，烽火狼烟早已远去，幸福的生活来之不易。

北坡比较平缓，有条小路，轻松下山后，再看眼前的公路，才知道那对情侣领着我们攀登了没人爬的南坡。虽然累，但也获得了攀登的乐趣。往北一看，一些遗留的部队营房的红砖青瓦出现在不远的视线里。

从长城北坡下来，山边建有一个炮楼，两侧面写着"军、训"二字，对面设有一个地堡。引洪的水渠墙也模仿长城的垛口而建。平地应该是军训场地。向北有100多米，有一个军营，门前的操场上还挂有"提高警惕，保卫祖国，准备打仗"的红字标语。

营房院内，白色纪念碑耸立中央，上有白底红字："红四连革命历史纪念碑"。门前宣传栏前几个穿迷彩服的年轻人在清理墙壁。看着我们进来，热情相迎。问询之后才知他们是大学生，是石嘴山长城保护工作站的志愿者。

首次见到长城保护工作站的工作人员，自然很是亲切，志愿者听说我们也是长城爱好者，便介绍起他们的工作组织和韭菜沟长城的故事。

长城保护站

2012年4月20日，在导师罗明三的带领下，志愿者们第一次徒步考察长城。从此开始了长城保护的征程。到今年，志愿者们已经是第九次踏上长城，一路上，他们宣传保护长城，实地考察长城，与相关部门多次洽谈，认真研究长城保护与建设工作。通过考察获得了长城沿线第一手研究资料，对当地历史、文化、地理等有了深入了解。2014—2016年，他们先后在甘肃、山西、河北植树造林，开启长城绿化事业。2016年，又在长城所在七省市进行长城考察，对长城沿线进行文物普查。

2017年8月1日，正值中国人民解放军建军90周年，在这个特殊的日子里，在石嘴山市文管所的大力支持下，"韭菜沟段明长城保护工作站"在韭菜沟军事文化旅游区顺利落成。

我问道，宁夏这么多长城，你们为什么把长城保护站设在这里？志愿者答道，这与韭菜沟的军事地位有关，这里是银川平原通往阿拉善高原的必经之地，是历代重兵把守的边关要塞。成吉思汗就是从这里越过贺兰山灭亡西夏的，山上的长城修筑于明朝嘉靖年间，虽然历经500多年的风吹雨打，但它依然雄伟壮观。山下绿色的军营，整洁的宿舍，红色的墙画，威猛的战车，高深的防空洞，被称为贺兰山蜿蜒地下的"钢铁长城"。山上山下的古今军事设施遥相呼应，显示出此处重要的军事地位。还有比这更合适的地方吗？

我说，山上的长城刚去看过了，你重点介绍一下军区的情况，好吗？志愿者说，好啊，首先带你们参观红四连革命历史纪念馆。纪念馆不大，只有三间平房，讲解员讲述了关于红四连的革命历史。

2010年，石嘴山市与兰州军区房管局达成租赁协议，取得贺兰谷30年的旅游开发经营权，在此区域内重金打造独具一格的"古今军事要塞"旅游胜地，有红四连革命历史纪念馆、纪念碑、地下防空洞等。

沟内有规模较大的防空洞地下军事设施，据说等级可达防止核武器攻击强度。那些战备洞库，凡是开门的，我们一一进去参观了。有的洞是贯通的，南边进北边出，洞内高大宽敞，解放牌汽车开进去绰绰有余，这么多年过去了，还是那么结实，上水管道、洞的四壁和附属的管道，没有因为风雨的侵袭而损坏。有的洞锁着，有的洞库被砖和水泥砌护住了，现在准备改造为军事爱好者俱乐部，面向社会开放。

纪念馆内一张张革命活动剪影，以及珍藏的老物件，让人在看、听、思、悟的过程中，接受思想的洗礼，感受老一辈革命建设者无私无畏的伟大精神。馆内生动记录着英雄红四连投身祖国解放和时代建设，体现着革命前辈不怕牺牲、敢打必胜的坚定信念和排除万难、勇往直前的革命精神。纪念馆是一个部队的缩影，是10多万官兵的精神写照，见证着一个永远值得纪念的英雄连队的光辉历程。院内的红四连革命历史纪念碑，傲然耸立，记录着多少革命烈士的丰功伟绩，苍生永记，青山不忘。

第14站

归德沟长城游记

2019年3月2日

　　周六天气不错，进入初春季节，虽有寒意但不冻人。接上朋友西楼等人沿吴忠滨河大道向北进入永宁银川快速通道，穿银川城一路向北直奔石嘴山而去。大哥是户外新人，年轻时又在大武口工作过，坐在车内便成了此行的导游，滔滔不绝地给大家介绍起大武口的来历和风土人情。

归德沟长城敌台

归德沟长城敌台

那我们今天要去的归德沟你去过没？小沐问。大哥说，在这里工作8年了，还真没去过，只记得当地人说过"龟的沟"，石嘴山人喜欢称其为"鬼子沟"，还有叫"龟头沟"的。沟里只有高山奇石、天石飞桥、潭水瀑布。前几年我玩户外带人穿越过此沟，我说说这个沟的情况吧。

归德沟在整个贺兰山脉系中有着得天独厚的优势，奇石嶙峋，山势陡峭，险峰众多，气势壮观。贺兰山的奇美险境，几乎全部集中在这里。有陡峭挺拔的高山，有火山爆发形成的熔岩，有奔泻的溪流，有如画的花草，有蝉叫蛙鸣，有盘根错节的松柏和果满枝头的酸枣树；国家级重点保护类濒危动物岩羊、鹚鹰、野鹤等经常出没于这里。真所谓"天界挥神斧，人间造奇景；群鸟栖息地，夜来听涛声"。

沟内主要有"四景一泉"，即古长城烽火台、归德沟岩画群、转洞沟、沙窑田园及其滩山水泉。这些"景"和"泉"形成了一条亮丽的风景线，它们把天生的风韵发挥得淋漓尽致，再加上丰富的地质现象使得这里成为科学普及与休闲、探险的好去处。

归德沟长城烽火台

宁夏户外爱好者几乎都来过，任老师你没来过吗？西楼问我。我说，10年前也穿越过，那时重装徒步，以观赏风景为主，对沟内长城反而没怎么关注。这次来主要计划是游览长城，我来时对归德沟的长城查阅了相关资料。先给大家普及一下。

大武口即打硙口，是贺兰山东麓36个隘口之一。自古以来，这里就是古代游牧民族迁徙的必经之地，也是古代北出塞外的重要关隘。明朝时，由于国土边防收缩，贺兰山成为了明王朝与瓦剌、鞑靼交战的界山。蒙古铁骑常常突破贺兰山与明军作战。打硙口由于沟宽滩阔且水源丰富，适合大队骑兵穿行，蒙古骑兵常常"取捷径于此"。因之，打硙口与胜金关、三关口和镇远关并称宁夏"城防四隘"。

大武口长城始建于秦汉，唐代扩建沿用，明代全面兴修驻防，被称为"边墙"，是万里长城的重要组成部分。而大武口又是宁夏北边墙与西边墙的交会点，归德沟长城就在这个交会点。我们今天要去的是归德沟长城，是贺兰山西边墙的一部分，位于大武口归德沟景区西南方向。

西长城自甘肃靖远芦沟界进入宁夏中卫县，逾河东，北上贺兰山，长约四五百里。这道长城建于明弘治元年（1488）以前，古称边防西关门墙。我们的《走长城》记录的南到中卫、北到石嘴山全是西长城。西长城在石嘴山市，北起王泉沟口，沿山坡至北岔沟入山，现韭菜沟、归德沟、大水沟各段都有保存较好的遗址。这就是我们到石嘴山第一站走归德沟长城的原因。

在谈笑中，不觉车已穿过大武口市区向山边开去，远远地就看到道路前方的山坡上，写着一个大大的"佛"字，山下就是北武当庙寿佛寺。老大介绍说这就是武当庙，又名寿佛寺，素有"山林古刹，西夏名兰"之称，是我国一所道、佛合一的著名寺庙，至今已有几百年的历史。尤其在每年几次传统的庙会上，各地的朝山拜佛者云集，盛极一时。

车到沟口，这里正在施工封路。西楼说之前能开进沟一段路程的，现在只好停在沟口，路边已经停了几辆与我们一样的车，游客斜插向北边的山上走去。这个山坡上正好坐着一个人，问起长城走向，他说下沟底进山便能见到长城了。

下到沟底，河床上鹅卵石堆叠，浅浅而清澈的河水顺着山势迅捷而下，翻起白色水花。行走在河滩上，只能一边小心别踩进湿沙窝里，一边找路。在沟边，旁边是不久前被洪水冲断的水泥桥，沟壁被洪水撕扯得乱石交错，河床上有几块大石头，每块约有几吨重，上面写着"小心洪水，禁止进山"，其中有几个字已经斜倒在地。大哥问，那是风吹倒的还是水冲倒的？我说，只有水有那么大的力量。

再往前走，沟里几处低洼地带覆盖了一层薄薄的山泉水结的冰，透过缝隙处，不仅能听到泉水淙淙流过的声音，还能看到形态各异的冰，晶莹剔透，宛如精灵魅影，煞是有趣。小沐和素言欢快地在冰面上滑行，摆出各种造型拍照。

走了一段路后，西楼喊道，长城、烽火台。我顺他指的方向一看，石砌长城烽燧傲居山端。顺北山向上，似乎在云端的山巅上还有一段长城。我倒吸一口冷气，突然想起在三关口碰到的李老师跟我说过，你这个身体归德沟的长城恐怕上不去。既来之则安之，我心一横，爬吧。

我们走小道向山上爬去，忽听背后传来笛子独奏俄罗斯民歌《小路》的音乐。"一条小路曲曲弯弯细又长，一直通向迷雾的远方。我要沿着这条细长的小路，跟着我的爱人上战场……"悠扬的音乐提振了每个人的情绪，两位女士赞道：大哥好浪漫哟。小沐说，我做抖音就用这个音乐。我说，我的游记美篇也有这个音乐，大家在欢笑声中向山上爬去。

我们爬一座很高的山，山坡较陡，爬起来很费劲，头晕目眩得爬不动了，只能休息片刻，继续向上爬。山石道上，坡很陡，人爬得很艰难，突然出现一堆驴粪。我大声给大家鼓劲道：这个山连驴都能上来，难道我们还上不去吗？大家听后哈哈大笑，于是一鼓作气爬了上来。

长城呈东西走向，由两段石墙（分别长约96.6米、34.7米）和两段土墙（分别长约441米、1067.9米）组成，高约4.3米。由于此段长城位于贺兰山中，远离人迹，人为破坏较轻，保存相对较好，也是贺兰山西长城之精华段，成为归德沟景区一道亮丽的景观。

我们走到长城根下，已经有一群游客从另一条山路爬了上来，看他们的精神状态很轻松，应该是从一条好走的山路爬上来的。我们帮他们拍了几张照片，他们欢快地向山下走去。而我们要继续向最高山峰上的长城"进军"。

沿山脊走一段路后被山顶烽火台阻断，只能下山绕行上山，山坡估计有60度左右，更为麻烦的是路上有碎石子，脚下一滑便是万丈深渊。艰难时手脚并用攀爬前行，体力消耗更比平时多，爬了一半，我和小沐便精疲力尽，爬爬停停，停停爬爬。这时素言却身手敏捷，步履矫健，早早地爬到了山顶，鼓励我们向上攀登。我气喘吁吁登上这段山坡，才明白什么是无限风光在险峰。

山上的景色太迷人了，从山顶上可以看到南北两边的山峰及山沟。北边的山沟就是我们一路走过的那条沟，弯弯曲曲，深深远远，在山上还可以看到前面见过的土长城，它远远地盘踞在山上，守卫着它的领地。在沟里看不到的山，在这里全部显现出来，山脉清晰，逶迤壮阔。南边的山沟同样也是蜿蜒曲折。南北两边的山脉层出不穷，绵延不断，多姿多彩，各有千秋，贺兰山的千姿百态，独特的地质构造在这里集中体现出来。山梁东头的山顶，像是一个人工修造的军用标识，似一个战士吹着冲锋号。

归德沟长城

这里的长城风格迥异，形态优美，构图十分漂亮，秉承就地取材的原则，由多种建造方式完成，如黄土夯筑、黄土夹砂、砾石夯筑、石块与黄土混合修筑等。夯筑的墙体在土质材料、砂石配比、夯层厚度、夯窝大小、夯筑方式等细节上都体现了干旱地区的建造特点。大多在不可逾越的陡峻山体之处，多依托山石稍加铲削形成山险，以削山劈石后形成的陡壁作为防御，成为立体的军事防御体系。

此处长城受风化的影响，大体形状还在，城墙宽度有的1米多，还能走人，有的只剩几十公分。从破败的城墙依稀看出，有女墙的一面是抵御外敌的，里面不宽的上面以供巡防，在这荒山秃岭的山脊修筑长城，几百年前的古人真是不容易啊！站在这里，你才能真真感受到什么是"大漠咽喉""贺兰山阙"。

山高我为峰，一览众山小。南方的山看的是景，观的是树，而贺兰山却是看真正的山，它具备五岳的奇峻险峭，又抛却了五岳的秀丽。登高望远，众人豪气大发，诗兴随之而来。

小沐高声朗诵岳飞的《满江红》：怒发冲冠，凭栏处、潇潇雨歇。抬望眼、仰天长啸，壮怀激烈。三十功名尘与土，八千里路云和月。莫等闲，白了少年头，空悲切。靖康耻，犹未雪；臣子恨，何时灭。驾长车，踏破 贺兰山缺。壮志饥餐胡虏肉，笑谈渴饮匈奴血。待从头，收拾旧山河，朝天阙。

西楼紧接着诵读了王维的《老将行》：贺兰山下阵如云，羽檄交驰日夕闻。莫嫌旧日云中守，犹堪一战取功勋。

大哥也不示弱，马上背出了元好问的《征西壮士歌》：三十未有二十强，手中蛇矛丈八长。总为官家金印大，不怕百死上沙场。捉却贺兰山下贼，金鞍绣帽好还乡。寒涛日夜雷声吼，突出前山四五峰。

贺兰山的诗叫你们都念完了，我念啥呢？想了半天，我想到杨守礼，明中期首任宁夏巡抚和陕西三边总督，在宁夏加固边墙、增筑关堡，整肃边防，并主纂修《嘉靖宁夏新志》，在任政绩卓著。他率宁夏总兵、参将到打硙口设防时，写下《打硙口》：打硙古塞黄尘合，匹马登临亦壮哉。云逗旌旗春草淡，风清鼓吹野烟开。山川设险何年废？文武提兵今日来。收拾边疆归一统，惭无韩范济时才。

激昂高歌之后，天色已晚，须尽快下山。俗语道，上山容易下山难，上山再难只是耗费体力，人的重心在前，实在不行可以四肢爬行，滑下去的危险相对较小。而下山人的重心在后而且高，山陡无路，坡面全是碎石，再加爬了一天的山，腿和关节全部无力，一脚踏空后果可想而知。来时的路太险没敢原路返回，跟随后面上来的本地人从另外一条山路下山，没想到更是惊险万分。

若说来时的山路驴马还能前行的话，回时的山路就是岩羊的小道了。下山中，惊着了几只矫健的岩羊，它们瞬间穿过光滑的岩壁，如履平地飞奔而去。

到了一个断崖，所有的人都已经有些力不从心了。况且，除了中午的简单饮食之外，大家再没有进行其他的体能补充。同行中，西楼已经眩晕，站立不稳，我和小沐出现虚脱症状，大哥还能艰难下行，多亏了素言，体力充沛，上下左右地给我们探路。我知道在陡峭山谷腹地若想求得生存，唯一的办法是坐在坡上一步一步往下挪。办法虽然笨，但效果很好。我坐在石壁上两手撑地，屁股一步一挪，样子是有点狼狈，人却安全下山了，待到山下，我的两手已是血痕累累，野外军裤的屁股部位磨破了一个大洞。此时已经是下午6点。

每次探险长城都会发现不一样的美景，都会收获不一样的乐趣，都会发现不一样的自己，都能对当地历史文化有更深刻的了解。这次归德沟之行，经历百般周折，有欢笑也有泪水，令人终生难忘。

北长城

北长城游记

2019年6月1日

    宁夏石嘴山地区是宁夏平原的北部，西临贺兰山，与内蒙古阿拉善盟隔山相望，东跨黄河，与内蒙古鄂尔多斯市为邻，北依黄河水，与内蒙古鄂托克后旗相邻。明初，特别是英宗正统到孝宗弘治年间，蒙古族鞑靼、瓦剌部先后迭据黄河后套阿拉善草原。这样，他们就从西、北、东三个方向侵入宁夏平原。作为宁夏北边的重防，石嘴山地区设有四道长城。

北长城大武口市区段

它们是西长城、旧北长城、（新）北长城、（河东）陶乐长堤。西长城的作用是封堵贺兰山口，防止阿拉善一带外敌的入侵。北长城的作用是从贺兰山到黄河一线建墙，封堵鄂托克后旗一带敌人的入侵。在黄河东岸建长城"陶乐长堤"封堵鄂尔多斯一带外敌的入侵。东西有黄河、贺兰山天险可据，唯有北边方向是河滩平地，容易受到蒙古族鞑靼、瓦剌的铁骑袭扰，所以，前后修建了新旧两道长城。

6月1日，和朋友相约探访四道长城之一的（新）北长城。北长城由明朝总制尚书王琼始筑于嘉靖九年（1530），"东自黄河，西抵贺兰，筑墙以庶平虏城者"，其线路据《嘉靖宁夏新志》中《宁夏总镇·北路平虏城·边防·北关门》载："由沙湖西至贺兰山之枣儿沟，凡三十五里，皆内筑墙，高厚各二丈，外浚堑，深广各一丈五尺有奇。"还真有枣儿沟这个地名。从《朔方天堑北关门记》的地名上来看，沙湖、枣儿沟、平虏这些石嘴山非常著名的地方，四百多年前就记录在书籍中了。

北长城东临黄河的沙湖段已无遗迹，要探寻北长城只能从西头枣儿沟开始。开车上到银北的高速，一个多小时便到大武口区，快接近贺兰山时，路左边有一道土梁，似乎是长城，往前又走一段，土梁下有一块石碑，我们就这样与北长城不期而遇了。

石碑的正面有三个金黄色的大字：北长城。背面介绍北长城：北长城又称边防北关门墙、大武口长城。始建于嘉靖九年（1530），是明王朝为防蒙古部落侵略而建的，夯筑土墙结构，该道长城西起平罗县高庄乡金星村（俗称边墙头子），经石嘴山市大武口区，明水湖农场、兴民村，终点在贺兰山枣儿沟山墩，全长19223.7米。保护范围以长城四周各扩50米为界。建设控制地带是保护范围四向各100米以内。

移步观察，一段段高矮不等的长城，顺路而立。旁边是杂乱的民居和企业厂房，问了一个路人，得知此地是兴民村。当地政府已经对遗留的长城进行了保护，夯土墙面已有修复的痕迹，边墙遗留处设置了铁丝护栏，沿长城的走向围了起来。

长城周边被居民和工厂堆砌的杂物所包围，杂草丛生，虽然有围栏保护，但断断续续，破旧不堪，显得格外破落和凄凉。

顺路向北，遥望山顶有烽火台，那里应该就是枣儿沟土墩了。有铁路公路阻挡，无法靠近，只能边走边问，向右走两公里左右，钻进一个路基涵洞后，往回穿过一

枣儿沟烽火台

片沙枣林，又进入一片山枣沟，才到了烽火台山下。这就是枣儿沟，想必这山上的枣树生长了400多年吧。

向上爬坡至烽火台下，石嘴山的长城总是不会让人失望，此时抬头观望，看到的不只是山顶那一个烽火台，而是三个烽火台。沿着一段残留的墙体向上攀登，首先到达的是山腰上一处敌台，保存尚好。

敌台古称敌楼，这是一种跨越城墙而建的墩台，高于城墙。主要作用是敌人攻城时从侧面射击来犯之敌，也是连接城墙上供巡守士兵休息的建筑，呈方形覆头状。该敌台东西长11.9米，南北宽16.1米，残台7.1米，黄土夯筑，夯土内夹杂少量小石粒，属于北长城的附属设施，被命名为兴民村二号敌台。

山顶那个高大的烽火台，保存较为完整，从山下看四棱分明，细看只有东南角有些塌陷，但不影响烽火台的整体雄伟，它高高耸立在贺兰山上，依稀还有当年的风采。山势极陡，这可能也是烽火台未被人为破坏的原因，保存这么完好的烽火台在宁夏长城里并不多见。

烽火台又称烽燧，它是点燃烟火传递军情的高台，建在山顶。当有敌情时，白天放烟，夜间点火，台台相连，传递消息，是最古老但行之有效的军情传递方法。

我围绕烽燧查看，烽火台底部12.5米，南北宽11.9米，残高12.4米。

从已破损的墙面观察，这个烽火台秉承就地取材的原则，建造方式有黄土夯筑、黄土夹砂、砾石夯筑、石块与黄土混合修筑。夯筑的墙体在土质材料、砂石配比、夯层厚度、夯窝大小、夯筑方式等细节上都体现了干旱地区的建造特点。经历了400多年的风吹雨淋，现在还能较完整地屹立在巍峨的贺兰山上，让人不禁赞叹古人当年建造长城的伟大。

从高往下可以看出营堡、墩台、边墙的总体分布格局。它们虽分散在各个山头，但是堡城、边墙、墩台三者互为依存，有片（面）、线、点的内在联系，有规律地联结为一个完整的统一体，共同构成独特的防御体系。

往北瞭望，黄河像条带子从南向北飘过，灌溉着惠农的万亩良田。我知道那里还有一段和北长城平行的旧北长城。据《九边考》记载，"宁夏北，贺兰山、黄河之间，外有旧边墙一道。嘉靖十年，总制王琼于内复筑边墙一道，官军遂弃外边不守，以致内田地荒芜"。《嘉靖宁夏新志》亦云："临山堡极北之地尽头，山脚之下，东有边墙，相离平虏城（今平罗城）五十余里。"

《九边考》记载的"外有旧边墙一道"，就是指的旧北长城。而"复筑边墙一道"，说的就是北长城。我大概算了一下，旧北长城西起贺兰山扁沟，经下营子乡宝马村至尾闸乡下庄子村，抵黄河西岸，全长约15公里，新北长城19.2公里，相距50里，面积约有425平方公里。

为什么要将这么大一块土地舍弃呢？明弘治以前，此长城一直重兵驻守，为宁夏北边重防。但是，旧北长城的地理位置属于偏远地段，又在荒芜山间，离平虏城（今平罗城）又远，后勤后援困难，守城将士苦不堪言。到嘉靖年间因兵力不足，只能从北往南撤回50余里重新设防。

在宁夏的河东长城（河东墙）盐池段也有两道长城，头道边和二道边。也是弃二道边重建头道边，两道边相距20里。

观完枣儿沟墩台，驶向明水湖农场寻长城。到了农场，寻边墙不见，问一个村民，答曰，早先还在，后来因边墙坐落在村落内，毁墙取土、扩展田地、修建公路及扬水管道、倚墙建房等人为破坏现象比较突出，同时山洪冲刷等自然破坏亦较为严重，有的地段甚至大段消失，现存墙体多在村处，亦坍塌成斜坡状。你们从左侧绕过监狱向前走，出村庄后向右看，有道土梁就是了。

穿村庄，绕田地，进湿地。车子终于开到了长城脚下。这段长城从田野中伸出，直插远处火车站。左边为保护湿地，草长莺飞，不时惊动大型鸟类飞出，盘旋于长城之上。顺墙有一沟渠，水草碧绿，鱼游蛙鸣，环境清幽。机缘不错，碰到一位放牛的老人，我们隔水聊了聊长城。

北长城明水湖段

老人说这就是北长城现存唯一有点规模的遗址了。站在这里望去，西北边是贺兰山天险，东南边是黄河天险。贺兰山天险配合长城防御设施，内可养民外可御敌，具有重要的军事地位。

当年的边墙可没这样低。据说修这道边墙时"率夏正奇兵并陕防秋兵合六千五百有奇就役"，"与丁夫共甘苦者五浃同，至秋七月工告成"。

我们脚下这个豁口据说就是当年的一个关口，古人称为"山河之交，中通一路"。这道长城自建立起，就成为当时东西走向的一条防线，并于北关门处设立边市，以通贸易。

辞别老人，漫步在长城之下，这段墙体经过四百多年盐碱侵蚀、风吹雨淋，历尽沧桑，现在尚存的遗址也是古长城宝贵的文物资源，我们应加大保护力度，否则再过几年真的无地可寻了。

再往前走就是宁夏著名的沙湖风景旅游区了，400年前也是北长城的一部分。《民国朔方道志》中《平虏北门关记略》一文记载："沙湖东至河五里，涨则泽、竭则墟，虏可窃出，皆为墙，以旁室其间道。于是河山为故而险塞一新矣。"现在的沙湖，万亩湖水与沙滩相互依偎，相映成趣，湖水碧波荡漾，沙海金浪起伏。并且在沙滩上人工建造了一段长城供人观赏，以凭怀古之悠。

第2站

红果子沟长城游记

2019年3月9日

红果子沟烽火台

　　当走到石嘴山段的北长城时，查询资料得知，这段长城是历史地震遗迹，并被命名为"红果子沟明代长城错动"，我不禁期待起来。

　　从吴忠到红果子镇人民政府，沿滨河大道向南路直行。现在是初春三月，正是候鸟迁徙的季节，每天都有三四百只白琵鹭聚集在吴忠黄河湿地觅食休息。白琵鹭是国家二级保护野生动物，栖息于开阔平原和山地丘陵地区的河流、湖泊、水库岸边及其浅水处。近几年来，宁夏沿黄湿地建设和保护工作做得好，每年这个季节都有白琵鹭飞翔嬉戏，姿态十分优美。我说道：西塞山前白鹭飞。非余接道：桃花流水鳜鱼肥。飘雪道：青箬笠，绿蓑衣，斜风细雨不须归。在大家你一句我一句朗诵唐代诗人张志和的《渔歌子》时，车已行至惠农境内。

红果子沟长城地震错位遗址

红果子沟长城

到了路边，我们下车打听长城在哪。周围全是外地人，无一人知晓，大哥经验丰富，说找本地出租车司机问，果然告知，向西快到一个红绿灯路口就有。将至红绿灯时，非余说好像看到一个石牌上写着"长城"二字，掉头重寻，路边一个大车后面，果然有一个土垛，土垛下面立有"小墩湾一号敌台"文物保护石牌。

下来观察，残破不全的敌台和后面坍塌的墙体被绿色的铁丝网保护了起来，周围是杂乱无章的住宅，长城向西伸向一片乱糟糟的工业园区。

向前继续探寻，墙体边有一个羊圈。非余说，石嘴山惠农是个啥地方？连羊身上都是黑色的。老大回答道，以前可是好地方。石嘴山过去叫"石嘴子"，交会之处"山石突出如嘴"而得名，最早见于明《嘉靖宁夏新志》。多年以前，这里是一片风吹石头跑、满地不长草的戈壁滩，经过几代人的顽强拼搏，一座工业新城拔地而起，成为了宁夏工业的发祥地，宁夏的第一吨煤、第一度电、第一炉钢均产自这里。然而，随着持续多年的煤炭开发，环境污染日益严重，前些年变成了"风吹沙走煤飞扬，出门三步一身黑"。现在比以前好多了，只是羊是黑的，人还没变黑呢。

那惠农的地名是咋来的？非余问。老大说，清雍正四年（1726），开凿惠农、昌润二渠，雍正皇帝为惠农渠钦定了名字，包含施惠于民的涵义，这以后县名就改为惠农。

那红果子呢？老大继续介绍，红果子是贺兰山一条险峻的山谷，西长城于此依

山设险，成了著名关隘，明代称为"红口儿"，清代称为"红口子"，进而演化为现在的名称"红果子"，跟水果没有任何关系。

走到制高点，远望长城穿过工业区，向西边的贺兰山非常有气势地蜿蜒而去。工业区很大，我们坐车穿过铁路，绕过申银特钢公司到了公墓路边的长城之下。

站在高高的烽火台下，向东瞭望，长城自石边沟内500米南坡起向东南延伸5公里到达红果子工业园区，消失于人口稠密区。长城平地处以夯土筑成，高山上则以石块垒砌，全长5836.4米，其中土墙3717.7米，石墙2118.7米，是北线长城的主体，保存相对较好。这就是旧北长城。

旧北长城因石砌城墙上的垂直和水平错位现象而闻名。到目前还没找到错位遗址，我很不甘心，重新在百度地图上查询，有记载说离烽火台200米处，下至200米是有点高低相差的墙体，但与"断层两侧长城最大垂直断距1.5米，右旋水平位移1.45米"记载相差很大。

朋友花瓣雨向红牌奔去时，我已走到车前准备上车，忽听到有喊声，只见花瓣雨站在红牌下招手，我内心一喜，错位遗址找到了？

我急奔红牌处仔细一看，上面标示此处为"红果子明长城错位遗址保护牌"。红牌对面的石砌城墙一处，有上下错位和水平错位现象。断层两侧长城最大垂直断距1.5米，右旋水平位移1.45米。有标牌介绍指示，又有错位长城，此处应该是著名

红果子沟长城

的长城错位遗址了。

据记载，这个错位是乾隆四年（1739），平罗、银川8级大地震时沿贺兰山东麓的活动断层产生的。这次强烈的地震断层在两处错断了红果子沟明代长城。1965年中国科学院西北地震考察队首次发现并研究了这个历史地震遗迹，并将其命名为"红果子沟明代长城错动"。20世纪80年代，中国地震地质工作者进一步深入研究了这条活动断层，查明它是贺兰山东麓活动断裂带的分支，贺兰山东麓活动断裂带也是银川地堑的西侧边界断裂。

1980年，宁夏地震局在长城错断点两侧，挖开了3个探槽，证实了长城错断点确有断层通过，地震工作者根据长城的断距，得知了400多年来此处断层的落差量。沿此断裂带发现了历史地震和古地震的多种遗迹，引起中外学者的广泛关注。以长城作为一把历史的标尺，利用长城修筑的可靠年代来判断历史上地震发生的情况和地壳运动情况，从而为研究地震的发生和地壳运动的规律，提供可靠的参考数据。

1980年，在召开中国活动断层与古地震学术讨论会期间，120多位国内外的专家到这里进行考察，他们认为，长城错位可能是由于断层长期缓慢活动，也不排除是1739年大地震造成的。宁夏地震局在长城北侧跨断层的地方设立了一个观察站，常年监测长城错位之处的断层活动情况。遗憾的是，这段很有科学价值的城墙，曾被当地农民挖石拆毁。现在虽由宁夏地震局重筑，但它原有的科学价值也被破坏了。

　　而在这次地震中，离长城错位遗址约有10公里的一个古城——省巍城，有一个神秘的传说。相传，在省巍城有一户人家，儿媳妇很勤劳也很孝顺，每天早起做饭，等着公婆吃完了才去厨房吃点剩饭剩菜。有一天，她出去挑水，看到一位白胡子的老人家，他眼前挂着两个柿子，竹筐里装着枣子和梨，边走边吆喝："柿在眼前，枣梨，枣梨哟。"可是大街上的人都没有理他。回到家，她把这件事讲给公公听。公公说："老人家独自出来卖枣子和梨，估计是被生活所迫。你带着我去找找他，让他来家里吃顿便饭。"于是，他们从城里找到了城外。他们刚出了城，大地剧烈地摇动起来，只听"轰"的一声，省巍城刹那间倒塌。除了他们两个，城内无一人生还。这时两人才明白，白胡子老人不知是何方神仙，他原来说的是：事（柿）在眼前，早（枣）离（梨），早离哟。可惜无人明白他的用意。他俩若不是因为善良，恐怕也难逃此劫。

　　《中国地震目录》将本次地震震级定为8级，平罗地震波及6省区，银川平原内"压死人口十之四五"，加之火焚、水溺、受冻而死者累计约5万人。

　　长城的历史是沧桑的，但也是辉煌灿烂的。世间万物都会随时间的消失而消亡，长城历经上千年风雨，在这苍凉的尘世间留下的只是无尽的孤独和大漠幽幽的神秘。

（明）河东墙

第1站

灵武横城长城游记

2018年11月20日

　　提起灵武长城，人们首先想到的是这几年宁夏旅游市场风生水起的水洞沟的藏兵洞。但是，灵武长城还有一个重要军堡——横城堡。它是灵武长城（古人把这段长城称为"河东墙"，或称"东大边"）的起点，又因地名被称为"横城大边"。

　　沿黄河滨河大道北行53公里，约一个小时车程。行到附近询问得知，横城堡已

横城长城

被开发成黄河横城旅游度假区。这个度假区内有古堡遗址、长城起点、明清宁夏八景之一"横城古渡"的旧址。

站在古堡面前，呈现在人们眼前的是一个正方形的完整的古堡，城门、城楼、角楼完整，城墙上朔风猎猎，旌旗飘飘。虽然也保留了一些黄土、城墙砖的古迹，但整体上还是焕然一新，凄凉沧桑感全无。

1994年，大型电视剧《贺兰雪》计划投拍，横城堡的城墙及瓮城得到修缮，此地被改造成影视基地。

观察古堡的位置，北面紧靠蜿蜒东去的明长城，西面濒临滚滚的黄河。据古代兵防典籍记述，明正德二年（1507），为防御北方少数民族游骑而在此筑城堡，"置旗军三百名，操守官一员，守堡官一员"，它的主要作用是扼水陆要冲，隔河拱卫宁夏镇城（今银川市）。

明初，北元退居漠北，回归落后而又熟悉的游牧生活方式，但他们不甘心失败，于是时不时向南侵扰。明廷为防御蒙古各部的侵扰，便修筑边墙进行守御，屯堡是与边墙配套修筑的，一为保护屯田的正常生产，二为防御北方蒙古各部的入侵。

横城堡地处黄河的东岸、明"河东边墙"的开头，其所处的位置正是蒙古各部入侵的必经之路。冬季，蒙古各部常趁黄河冰冻之时由横城堡一带踏冰而入，转而向东进行侵扰。另外，由阴山方向袭扰宁夏的北方蒙古各部族骑兵，必须沿黄河行军，才能解决人畜饮水问题。沿此路南趋宁夏灵州等地，横城就横在入侵者必经之路，它与长城并立，阻绝了北面的上万骑兵。

梳理一下横城堡的历史兴衰，你会看到宁夏历史的另一面——城堡所承载的边塞文化，它是宁夏历史文化的重要组成部分。宁夏明清历史的一部分，就写在这个城堡里，可谓"治世之重镇，乱世之强藩"。如果把它择其要而展开，就会揭示出其在特定时期的一幅幅历史画卷。

据史料记载，灵武境内曾修过两道长城，一为隋长城、一为明长城，全部就地取材，用黄土夯筑而成。据《隋书·崔仲方传》记载，隋文帝开皇元年（581），"令发丁三万，于朔方、灵武筑长城。东至黄河，西拒绥州，南至勃出岭，绵亘七百里"。

明代朝廷为防御鞑靼、瓦剌诸部侵扰，在隋长城的基础上大规模修筑长城。明代长城被称为"边墙"。成化八年（1472）由巡抚、右副御史余子龙倡修。成化十年（1474）王越总制延绥、甘肃、宁夏三边，在其敦促下，闰六月又在宁夏巡抚徐廷章、总兵范谨主持下，初步完成长城全线连接工程。

西起横城以北1000米，黄河岸边黄沙嘴的"横城大边"，东经水洞沟、红山堡、清水营，过盐池县至陕西定边县盐场堡，全长约400公里，每隔150米一个墩台。这样边墙的墙根就不再有火力的死角，可进行侧翼攻击。敌台高于城墙之上，可左右相望，前后呼应。有些险要地段置周庐敌台，驻兵达20人之多。河东墙内侧共建有29座城池。灵武营所属烽火墩113座，每隔五里一墩。

横城堡有水陆码头。陆路就有两路，修筑河东墙，使长城形成两条道路，一为长城顶部，可供五匹马并行，守望、巡逻的士兵常年在长城顶部道路上往来，食物、军械也在顶部运行。二是长城内侧又建成一条交通大道，因有军队驻守、巡逻，行旅及货物有了安全保障，所以这条大道商旅往返络绎不绝。横城、红山堡一带的长城内侧更是形成了一条繁华的"宁（银川）盐（盐池）大道"，被称作"黄金商道"。

据《北虏事迹》记载，嘉靖八年（1529）七八月间，由这条大道运往花马池的麦豆达26000石之多，其运输量之大，实为少见。长城内侧大道的修筑，客观上也促进了当地经济的发展。

水路就更古老了，这里是一处古老的黄河渡口。自魏晋时，就把它当作黄河水运的重要港口。公元446年，北魏太武帝下诏，命驻守薄骨律镇（今宁夏吴忠市西南）的将军刁雍把河西囤积的50万石谷粮运到内蒙古的沃野镇，刁雍上表奏呈太武帝请求改水运。太武帝诏准。当年冬刁雍造木船200艘，每艘载粮千石，仅半年就运完了50万石谷粮。这是黄河上游第一次大规模的木船水运。自从开辟了黄河水运后，经唐、西夏，历代水运兴盛不衰。至明时横城渡被称为"黄沙古渡"。

1697年，康熙亲征噶尔丹，派左都御史于成龙在宁夏调运军粮。康熙从陆路来宁夏，返京时则从黄沙古渡乘船走水路，共用船只101艘，场面宏大壮观。现在这里还有收藏的一艘黄河古木船，相传就是康熙大帝当年渡河时所乘。

横城堡有着厚重的文化历史底蕴。清康熙三十六年（1697），康熙皇帝在西征噶尔丹时在此住宿渡河，并有感于黄河之利，留下了"历尽边山再渡河，沙平岸阔水无波，汤汤南去劳疏筑，唯此分渠利赖多"的壮丽诗篇。

登上横城堡附近的古长城烽火台。放眼四望，东临沙漠，西濒黄河，北靠长城，滔滔黄河水、茂密的芦苇、葱郁的树木，一幅"塞上江南"的景象。据说康熙住在横城堡时，为了减轻当地百姓的负担，亲自在此射猎，以猎物补充军粮的不足。这件事，直到康熙老年时还津津乐道。可以想见，当时这里的草原资源是多么丰盛，野生动物之多，自然生态之好。

这里不只是军事重地，也是蒙古族和汉族两族人民物资、文化交流之地。据《大清一统志·宁夏府二》记载，横城堡"在灵州东北七十里。城周二里。今设都司驻防，北至边墙暗门一里。出暗门三十里，有汉夷市场"。

感慨之余，我踱出古堡，在河边一块高地，如长城状的台子上写着"宁河台"。登台向下看，近处是辕门，插着旌旗，风起时旌旗飘扬，再往前看就是康熙帝渡河的雕像。从西墙出来，向北约一里地就是明代的长城"横城大边"。

长城与黄河相交之地叫黄沙嘴，一道长城从河边向东延伸而去。南北方向的滨河大道穿墙而过，长城为砖包墙，仔细一看是现代人所砌，沿长城走到河边，砖墙尽头有个长城土台，这个土台就是长城的源头，可能为了纪念，保留了沧桑的原貌。

黄沙嘴长城起点

河东长城

在这里登高东望，是浩瀚无垠的黄沙，隔河西眺，则是一片一望无际的绿色田野。滔滔的黄河水，从这里向北奔腾而去。蜿蜒的明代长城向东南延伸。明朝朱栴有诗云："黄沙漠漠浩无垠，古渡年来客问津。万里边夷朝帝阙，一方冠盖接咸秦。风生滩渚波光渺，雨过汀洲草色新。西望河源天际阔，浊流滚滚自昆仑。"

向西沿长城徒步进入沙漠，有近500多米砖包墙，以后的墙体变成原始土墙状。这段墙东至水洞沟，西侧大冲沟与灵武交界共10公里。

成化十年（1474）十月宁夏灵州地震，边墙倒塌十有一二。成化十五年（1479）又自横城黄河岸至花马池修补和加高加厚，并改筑部分地段。弘治年间，宁夏巡抚张祯叔、先后于墙外挖"品"字形坑44000多眼，以防敌骑靠近边墙。其中红山堡黑水沟一带，堑深广皆二丈。

正德元年（1506）张祯叔巡视夏、绥，提出改建河东墙，旋即三边总制杨一清又请准重修。嘉靖十年（1531）由三边总制王琼负责，西起黄河岸横城，东至花马池改置"深沟高垒"，全长360里。

　　河东墙在近百年中修筑数十次，可见古代军民修筑长城工役之大，痛苦之多。正德间宁夏巡抚冯清写有《边人苦》一诗，这首诗几乎句句不离"边"字，抒写了边民苦不堪言的徭役负担，背井离乡，四处逃难的状况。

　　夕阳西下，斜阳射在城堡墙上，金色的城堡在蓝色的天空下十分美丽壮观。这古老的横城堡，目睹过汉朝与匈奴的决战，经历过北朝的兵戈战乱，见证了黄沙古渡和"黄金大道"的繁荣。"风生滩渚波光渺，雨过汀洲草色新"，如今的横城堡、黄河古渡，黄沙嘴的长城起点，焕发出了新的生机！

第2站

灵武水洞沟红山堡游记

2021 年 8 月 20 日

　　红山堡是明代长城防御体系中的一个城障，始建于明弘治十六年（1503），由总制陕西军务户部尚书秦纮秦筑，距今已有500多年。据记载：红山堡本属灵州千户所辖，为正方形，边长均为300米，设东门一道，有瓮城，门向南开。墙高8米，底宽7米，顶厚4米，是按照明代长城沿线70里一城、30里一堡的防御体制设置的。它东至清水营50里，西至横城20里。

红山堡

　　红山堡是因位于红山地区而得名。据说，古时在夕阳的照射下，这里山峦一片鲜红，因此命名为"红山"，"红山堡"旧时也叫"横山堡"。

　　张三小店向北百米有余便是长城烽火台遗迹，根据介绍，明初宁夏烽堠615座，此为其一，名镇虏墩，为红山堡所领8座烽堠之一。遗迹前立有两根圆木架起的形似烽火台的山寨大门楼，旁边是色彩鲜艳的点将台，上长城的步梯叫步步登高，长城上架起了木制栈道，栈道上插满了旌旗，新修的烽火台上立着一个战鼓。

　　烽火台南侧有一个古庙遗址，叫山神庙，古长城一线都有山神庙、土地庙、关帝庙等宗教建筑，为当地百姓和驻守官兵祭祀之所。此山神庙原为明代所筑，清代曾为重修，20世纪80年代墙体尚存。

　　下烽火台遗址后向左进入河底的芦苇荡栈道，不过百米，左侧有考古发掘现场，地层剖面显示出不同年代的黄土堆积层、河道沉积层等。

　　继续前行，进入茂密的芦苇荡，这段由于流水的冲刷和侵蚀而形成的这条土林峡谷，四周绵延约6000米，一直延伸到红山湖大坝下。漫步在芦苇荡中，深不可测，四周悬崖壁立，风蚀土柱残壁，仿佛进入了一个神话世界，令人如痴如醉。

　　抬头仰望，北侧及东北方向，浑黄的土崖上，有几座高耸的锥状土堆，每隔一

水上长城

段距离分布一座。仔细分辨，崖顶之上，虽然黄土颜色相近，但质地不同，河岸悬崖纯黄色，似乎刀劈一般垂直向下，给人感觉随时有坍塌的危险。而崖上的墙体褐黄色，低矮圆润，看起来敦厚结实，那分明是一线连续的城墙。

穿越约3公里的芦花谷到达坝上，一幅山光水色尽收眼底。这不是一个天然湖泊，应该是为了造景将清水河拦腰截断，建了一个大坝，围成了一个面积约1.8平方公里的水域，名为红山湖。在依山傍水的山崖上，四个白色的大字格外引人注目——水岸长城。

只见在宽阔的碧波荡漾的湖面上，绿水环绕着仿古游船，水面上野鸭巡游，绿色的芦苇镶在河边。向上是独特的雅丹地貌、土林景观。在近二十米高的陡峭河岸之上屹立着巍峨雄壮的长城。从上往下看，蓝天、白云、长城、绝壁、芦苇、游船、野鸭层次分明，好一幅水上长城的美丽画卷。

说实话，这段水上长城景观十分难得。我走长城以来，长城、古堡、烽火台等大多在荒山野林之中，宁夏明长城大多穿行于山边沙漠荒原之上，长城边有个泉水就很不错了。

车行不到一公里，右前方的山崖上挂着一幅大大的标语：您将进入中国保存最完整的长城立体军事防御体系。这里的峡谷，本是大自然的杰作，但明代时，这又成了长城"深沟高垒"防御体系的重要组成部分。峡谷两岸经常年的风雨剥蚀，谷内怪壁峭立，沟壑纵横，深厚的黄土经长期的雨水冲刷，土柱突兀壁立，造型奇特，形成了"土林"。

"土林"又经大自然鬼斧神工般雕琢形成千奇百怪的形状。有的像僧人登高远眺，似在期待来者；有的宛如一对恋人，相亲相依；有的如夫妻相敬，双方对拜；也有的如怪狮猛兽，雄踞怒吼。总之，各具形态，给人以无尽的遐想。

再往前走，峡谷被门洞所拦，门廊上三个大字"藏兵洞"。藏兵洞蜿蜒曲折于悬壁之中，上下相通，左右相连，洞中分叉颇多，左盘右旋，久久不见尽头，确如迷宫，一般对洞内情况不熟的，很难走出去。洞中除洞道外，左右辟有土屋，可以住人。洞内还设有粮食储藏室，有水井、灶房等，只要储藏够一定的食物，在相应的一段时间内，洞内所藏将士不出洞，照样可以生存。因藏兵洞高出沟底10多米，是不怕水淹的。多年来，即便发山洪，藏兵洞都不曾被水淹过。

　　洞内光线不好，又不宽敞，只能容一二人通过。藏兵道分两层，每层又分设机关，多处设有陷阱、暗器。陷阱下面锋利的木钉固定在可以相互转动的两个辘轳上，人一旦掉下，将遍体鳞伤。有的陷阱里是尖刀阵，敌人掉下去绝无生还之路。还有一个木板是可以翻动的陷阱，来多少人就会掉下去多少人，而地面却不留任何痕迹。在一个陷阱里至今还有残存有骨骸，据说这是在挖掘修复中就有的，说明这里发生过战斗。

藏兵洞

　　据说藏兵洞有三条通道可以进入红山堡，这只是其中的一个洞口，其余的两个洞口还没有找到。可见当年在这个立体防御体系中，上下连通有多条线路，当时的地下防御体系是多么完善。

　　地道战在宋、明、清都有记载。红山堡的藏兵洞在设计上的出人意料、功能上的灵巧隐蔽、结构上的玄妙复杂，把古人的聪明才智体现得淋漓尽致。当敌强我弱时，守军由地上转入地下，隐蔽军队，保护自己，伺机出击，或在空旷处设伏兵袭击。

　　出了长城博物馆的大门，就站在了红山堡内，古堡里面原有的建筑设施均已损毁，但是城门、瓮城、城门石头基座依然保存完整，苍凉壮美。从红山堡内发掘时保留的剖面，我们依然能清楚地看到当时守军堡寨的房屋基址、用火痕迹等，考古还发现了石磨盘、行军锅等物品。

据史料记载，刚开始时驻堡将士仅为"一百二员"，就是说戍守将士只有102人。成化元年（1465）瓦剌三部不断袭掠陕西、宁夏。成化九年（1473），王越于时属灵州的红盐池大败孛忽罗等部，迫使他们"渡河北去"。但鞑靼部渐强，小王子部又率众入居河套，经常侵扰边塞"杀伤以万计"使生产遭受严重破坏。这时，红山堡等长城沿线防守任务更重。

明正德十六年（1521），宁夏都指使史镛扩建红山堡。这次扩建规模超过了以前，当时的城堡南北长约380米，东西长约320米；瓮城长30米，宽20米。堡内驻军200多名，设守堡官员一名，操守官一名。

红山堡除了平时长城线上的防守外，重点任务就是"防秋"。所谓"防秋"就是边塞游牧民族在秋天马肥草盛之际，大举兴兵南侵，这时内地正值秋收季节。为此，从隋唐以后至明清时代，每到秋季朝廷就要调集大军戍边，以保护百姓秋收，因而称为"防秋"。

但也有研究者认为，"防秋"行动在客观上，其作用并不仅是为了防戍，在一定意义上又作为一条商业通道而存在。一方面，自嘉靖十年（1531），王琼筑"头道边"，实施"深沟高垒"后，使长城内的"宁盐大道"和陕北有屏障保护的交通大道相衔接，从而成为商运往来的"黄金商道"。一方面，在横山至清水营各城障设立驿站，比过去延长了120里，是宁夏镇军事供应及军机文书传递、官员往来的必经之道，这就和"宁盐大道"共同构成了在军事保护下的两大主要交通线。

红山堡的防御工程为什么这么严密？它由长城、河流天堑、城堡、地道组成了四道防线。这是与它的地理位置分不开的。据记载，明代长城沿线自横城起至延绥的今定边界，共有城障21座（城堡之间根据需要修筑的小城堡称为"障"）。横城分边守备17里，清水营守备36里，两城营之间的18里统归红山堡分边守备。红山堡属下有4座烽火台，即安边墩、大莺墩（此墩处的长城上有"暗门"）、镇罗边墩、窑儿边墩。这样红山堡一头挑着横城营，一头挑着清水营，其军事上的重要性显而易见，正因它在地理上的特殊性，藏兵洞大约建于实施深沟高垒的嘉靖十年（1531）。

在明代，鞑靼、瓦剌入居河套，灵州长城一线为明王朝在宁夏等地最北面的防守线，而红山堡一带地势平坦，便于敌骑大范围地入侵，这一带就成为鞑靼等贵族率军南下的首攻之地。鞑靼等贵族率军南下的目的，主要是掳掠人口、财物，他们得手后迅速退走。因此，他们什么时候入攻，什么时候退走，全由他们视情况而定。但明中叶以后，筑长城只是全天候的被动防守。鞑靼、瓦剌数次由灵州至盐州间几次拆墙南下，都不从红山堡进攻，就是因为红山堡有藏兵洞在内的立体防御工事发挥了很大作用。一是红山堡一旦被围，守军进入藏兵洞，使军事斗争转入地下，有生力量得以保存，敌骑很难攻下。守军进入藏兵洞坚守，等待援军的到来，这对迅速掳掠后退走的敌骑显然不利。二是敌骑入攻时，所打开的缺口，定可作为自己的退路。而红山堡守军一旦进入藏兵洞，在敌骑退却时，仍可出奇兵袭击。

敌骑一旦退走，必带着大批掳掠的人口、牲畜、牛羊等，绝不似来攻时那样轻便，再要由洞内守军阻击顺利北撤，绝非易事，也可能洞内守军和已到援军已在这里布下战阵，这时敌骑退回更加不易。故而鞑靼、瓦剌数次南下，都不从红山堡攻入，跟藏兵洞在军事上的作用是分不开的。

红山堡，有木栈道下的长城、芦苇长城、水岸长城、地长城。耸立墩台、神秘城堡、玄妙复杂的地道、曲折幽深的沟堑，令人目不暇接！这里应当是宁夏长城中最有魅力的长城之一了。这处遗址之所以这么宝贵，是因为它是全国保存最为完整的古代立体军事防御体系。在我国的长城防御体系中，把长城、城堡和地下藏兵洞紧密联系在一起的防御系统，这是唯一一处。

第3站

灵武水洞沟清水营游记

2018年11月28日

　　第一站红山堡归来，受到朋友们的好评。我们不顾劳累，开始清水营之行。这次有新朋友参加，更有乐趣。

　　车到水洞沟存放在停车场，我们绕过景区沿草原向北方的长城徒步而去。这里离长城应有五六公里，路途中时而惊起野鸡，时而惊跑野兔，时而惊飞成群的呱呱鸡。这些年来封山禁牧效果显著，不但草原恢复了生态，野生动物也越来越多，与越来越丰美的自然相伴，使徒步乐趣无穷。

　　眼看快到长城，却被一条河流挡住了去路。河谷宽近百米，深10多米，河岸陡峭，河水清澈。长城在对岸沿河岸蜿蜒于冈峦层叠和山涧沟壑之中，似巨龙起伏，蔚为壮观。

清水河岸长城

　　我们寻找过河之处，无奈峭壁直立，无法翻越。只能隔河远眺长城。我们在南岸，长城在北岸，长城是防止北方草原民族侵略的防御工程。我问朋友，长城是防御工程，这条河我们都过不去，是天然的护城河，为什么不把长城建到南岸来，依托天然河谷？古人为什么把长城建在北岸呢？朋友博学多才，回答道，古人修筑长城时，有意将"草茂之地筑于其内，使虏绝牧（不能到长城以外放牧），沙碛（沙漠）之地筑于其外，使虏不庐（不能设帐篷或盖房居住）"。在这荒漠草原之中，最宝贵的是河（水），将城墙筑到北岸，将河流与敌人隔离，一来我方取水用水有保障，二来即使敌方来袭，挡在城外，敌人人马无水可饮，不几天也得退兵啊。说到河沟防御，古人多聪明，能想不到吗？这段长城我以前来过，自清水营以东南的10里长城在墙体的外侧挖出宽、深各3丈的壕堑，使长城易守难攻。这样既有壕堑防御，又保护了水源。

　　无法过河，只有绕道，稍一绕便到了清水营。清水营是明长城中的一所重要城堡，设有南北通道和暗门（一种供出入的拱券小门），在驻军控制下关启。又因其脚下是清水河，河水清澈见底，其水面至20世纪70—80年代还宽约20米，河床平坦，水不过膝，是畜群饮水的良好处所。

　　清水营处于宁盐（今银川至陕西定边）大道的中段，东边和陕北有驻兵防守的"平安大道"相接，墩堠设置齐全，是明时宁夏境内东西来往的必经之处。所以，隆庆五年（1571），明廷在清水营开设"马市"。商贸来往频繁，不少盐商也持就近纳粮入仓换取的盐引，前来参与交易。清水营也就成为明代中期西北地区最北边十分重要的商贸场所。明代清水营古城，不仅是总置三边官员军事议事中心，而且逐渐形成一处较大的牲畜交易市场。暗门内外每逢交易日马嘶驴叫，牛羊成群，这就是有名的清水营马市场景。

　　原清水营城的建制和修建规模相对较大。原城墙内外两侧均"瓮以砖石"，因而显得气势雄伟壮观，辉煌一时。20世纪60年代以前清水营城原貌仍保存较为完整，后因人为因素，砖石皆被拆除，原砖砌城墙已裸露为土筑墙体，仍保存完好。城为方形，边长300米，城墙底宽14米，顶宽6米，高9米，四角有方形角台，角台实体凸出城墙墙体，墙体宽而厚实，角台之上城楼已不复存在，但城楼基础残迹尚存。

清水营

　　东城墙有大门，面东而开，城门外套以瓮城，瓮城墙体高大、纵深，其南墙下有门洞面南外开，以古色青砖拱砌。瓮城墙体上尚有城楼建筑痕迹，长22米，宽7米。现在的清水营城内已一片废墟，地面遍布砖瓦、瓷片。清水营附近长城黄土夯筑，多保存较好，一般高在2~4米，保存好的地方，尚存5米多。

　　近几年，不知哪位导演看上了这个地方，在城内为拍电影和电视剧搭了很多场景，引来了无数游客参观。虽然对长城做了保护措施，但破坏还是很大的。

　　站在城头上（拍电影搭的架子）向北看，一里左右有一道城墙和残余的烽火台，向南看，过清水河还有一个和清水营差不多大的营寨，连续三道防线，可见此地的军事地理位置的重要性。从南北地理位置来看，长城东西连接着陕西和宁夏，北边毗邻河套地区。如果北边的少数民族骑兵突破这里，就可直接南下威胁西安甚至关中平原，因此明朝对这里的重视程度是前所未有的。而现在，清水营呈现出冷月

清水营马市

照边关的苍凉景象，我心中不禁涌出唐代诗人王昌龄的《出塞》："秦明月汉时关，万里长征人未还。但使龙城飞将在，不教胡马度阴山。"

第4站

盐池毛卜喇古城游记

2021年3月1日

　　在兴武营古城，记者老师放飞无人机的时间较长，我们便询问文管所老师，下一站到哪？答曰：毛卜喇古城。我们听后很是高兴，去年走这段长城时，为了省时间，探访古城时走过清水营，跳过毛卜喇古城到的兴武营。但这却在心中留下了一个遗憾。

　　文管所老师是盐池长城专家，介绍起毛卜喇古城来如数家珍，娓娓道来。毛卜喇，蒙古语意思是"苦涩的泉"，也有翻译成"苦涩的井"，这是东长城线上唯一一个用蒙古语命名的城堡。此堡筑于明嘉靖以前，隶属兴武营守御千户所。

毛卜喇古城遗址

　　毛卜喇古城的历史很悠久。史书记载，毛卜喇在唐代的时候属于六胡州之一的鲁州之地。唐高宗调露元年（679）于灵州、夏州南境置鲁、丽、塞、含、依、契六胡州，毛卜喇应属鲁州管辖。

　　记者老师将无人机收回来，文管所老师叮嘱道："毛卜喇古城遗址在荒漠深处，泥雪路更不好走，你们开车慢点，一定要注意安全。"毛卜喇，奇怪的名字，悠久的历史，大漠古堡，神秘感倍增，对于有探索欲的人来说，心更向往之。

　　最美的风景在路上，这句旅游人常说的话，在我们走毛卜喇古城的路上验证了。随行之中前车突然停下，我们下来一看，哇！双龙并行！这个场景震惊了我们，我们夏天探访了甘肃河西走廊的乌鞘岭长城，在那里见到了汉、明两道长城双龙并行在绿色的草原之中，没想到在我们宁夏也有这样的长城景观，双龙并行在黄色的沙漠之中，真的使人激动不已。

　　远眺蜿蜒在残雪沙漠中有数十公里的两道墙体，从我们站的位置向西沿沙漠边缘延伸，颇为壮观。记者老师忙着航拍，我便提着相机登上临近的制高点开始拍照。

　　两道长城相距宽窄不一，宽处100米，窄处不到10米。靠南边的长城厚实而高大，靠北边的长城单薄低矮，仔细观察北边的长城残体，夯土层很明显，应该是人工所

闵庄子双长城

筑。文管所老师说，南边大的是头道边，这条小的是二道边。

问题来了，我们刚从兴武营出来，众所周知头道边和二道边是从兴武营开始向东南面行。我们现在到了兴武营的西北边，哪来的二道边呢？我问老师，不是两道边从兴武营分叉的吗？老师说："不是兴武营，是从清水营分叉的。在毛卜喇古城和清水营之间也能看到有两道长城并行的情况。"

我搜索了一下，有专家说这段是隋长城。在微信上请教了刘国君老师。他解答道："分叉点是从清水营开始的。详细记载在齐之鸾的《蓉川集》里。双边都是明长城，北边那道是明成化十年（1474）徐廷章和范瑾修的，南边这道是嘉靖十年（1531）王琼和齐之鸾修的。不是隋长城。"

他继续解释道："二道边（北边那道）成化十年（1474）从横城修到盐场堡，到正德年间，杨一清准备修边时从横城开始只修了四十里，眼睛被沙子打了，就请假回老家治眼睛去了，后被刘瑾治罪，边墙没修成，又进了监狱。

嘉靖八年（1529）王琼上任后，因二道边一带全被沙埋了，王琼就从清水营开始与二道边分开修筑，所经过的地方南边是有水草的滩地，北边是沙窝地。这道边修到定边的南山口子。因此说二道边又是明朝河套地区沙漠和草原的分界线。"

我问文管所老师，此地是什么地方？他答："闵庄子。"我四周巡视一圈，发现二道边铁丝网那里立着一个蓝色牌子。走过去一看，上面写着"明长城（鄂托克前旗段）保护须知"。此地如刘国君老师所言，现在还是宁夏和内蒙古的分界线。我不由得对刘老师肃然起敬，他对这里的长城当了如指掌。

在两道长城之间，我们一路前行，刚下过雪的路在春日的阳光照耀下已经开始融化，到处是塌陷或雨裂沟，积水泥泞难行。前车已经开始左右摇摆有些打滑。此路要是放在以前，我是断然不敢跟进的。走长城的路一般都在杳无人烟的地方，长城烽墩遗址多数在高山断崖绝壁之上。以前的车是 SUV，去年好几次出现了险情，受惊吓的朋友们都不敢坐车跟我走长城了。今年我下决心换了辆硬派越野，有四驱防滑模式，再也不用担心有陷入险境的尴尬和无助。

心情轻松，景色更加美丽，天是那样的蓝，几朵浮云在天上掠过，一只雄鹰盘旋空中，两边的长城是那样苍老和壮观，每遇到一段很有特色的、历史沧桑感的长城段，记者老师都要停车拍照。前进时，我的铁马在几百年前的古道上驰骋，那情那景简直没法用语言来描述。

由于随车跟行，具体线路无法知道，只感觉在没有人烟的两道长城之间行了约十多公里，突然从头道边一个豁口拐向宁夏地盘，穿过一个村庄，上了一段乡村柏油路，由南向北又在荒野地里行了几公里，在荒芜的草原上，时隐时现地显现出了古城的样子，大约离我们有1公里之遥时，我停下车拍远景。

待我跟进到毛卜喇堡的西墙根下，记者老师已经用无人机在航拍。

"毛卜喇堡：在兴武营古城西30华里的长城内侧百米处，属高沙窝乡。此堡筑于明嘉靖以前，隶属兴武营守御千户所。现土筑残垣较完好，250米见方，门向南开带瓮城。城内荒芜，残砖碎瓦遍布。门前10米处有古庙台一座。"这是1986年出版的《盐池县志》中对毛卜喇古城的描述。

时隔三十六年，四周墙边的沙子已经和古城一样高，形成一个斜坡，顺外坡能爬上城墙，顺里坡就能下到城内。"城内荒芜，残砖碎瓦遍布"没变，只是有部分地曾经被耕种过，有些平坦。北城墙与头道边在东北角擦肩而过，几乎紧挨着长城，各门和瓮城基本被沙子填满。毛卜喇古城的原貌基本就是这个样子，因为远离村落，多少年来没有多少人为破坏，只是遭受了自然的侵蚀，所以，大概的样子和城池的原貌应和三十六年前一样，只是沙子多了些。

城内没有残留建筑，我只关心"苦涩的井"在哪。功夫不负有心人，终于在北门内不远处的乱草丛中，找到了一口古井遗址。古井直径有1米多，深近2米，石块固井。无水，底部杂草残雪。井边有长木和残席留存，估计前几年还有水，这些都是覆盖井面之用。旁边有一个电杆，电杆上有个乌鸦窝，在黄昏中干枯的古井更加凄凉。

这就是毛卜喇那个"苦涩的井"，当时养活着多少人马呢？《陕西四镇图说》中是这样记载毛卜喇城堡的，一是毛卜喇城堡在草原腹地，边防前沿在长城外五十余里便有敌人。五十里地对蒙古骑兵来说随时都能进犯。二是本堡兵寡，防御为难，军丁三百二十五名都不足以抵挡敌人，可见每次来犯敌人之多。三是为了确保城堡不破，情报很重要。派出的探子明代叫"夜不收"，一旦发现敌情，第一时间传给

毛卜喇古城墙

长城上的守军御敌。如果遇到突袭，由各烽燧传至邻兵（清水营、兴武营等）合力援剿。四是井水虽苦，可供三百多人五六十匹骡马饮水生存，可见当时井水量之大。

当时的战事频繁到什么程度呢？据孙卫春在《明代西北战争与国防布局互动关系研究》一文中统计，宁夏镇的战争是从永乐年间开始的，当年发生战争3次，洪熙、宣德年间没有发生战争，到正统年间增为9次、景泰年间5次、天顺年间9次、成化年间高达45次、弘治年间38次。战争频仍，不得已，于正德年间将花马池守御千户所提升为宁夏后卫。

随着战事不断增加，毛卜喇城的驻军数量也在不断增加。《嘉靖宁夏新志》载，"置旗军一百名、操守官一员、守堡官一员，征操马八十四匹，走递骡二头，官厅一所，操守宅一所，仓一所，草场一所"。《陕西四镇图说》载，内设操守坐堡各一员，军丁三百二十五名，马骡五十五匹头，边垣长二十里，墩台六座，每座守瞭军三名。从上述记载可看出，驻军人员从一百名增加到三百二十五名。

漫步古城，又沿城墙边徒步而览，倍感鲜为人知的毛卜喇古堡遗迹值得一游，历经五百多年岁月沧桑，昔日的明长城遗址已是残垣断壁，但这里的夯土城墙还威武地展现在人们眼前。亲临曾经的关隘塞上城堡，昔日战鼓雷鸣，烽烟四起的景象不时在脑海中浮现。现代与历史的触碰，使人打开了思绪的阀门。

第5站

盐池兴武营长城游记

2018年12月3日

　　探访兴武营长城得到了朋友们的热烈响应。车从青银高速的盐池高沙窝下去到二步庙的长城口，由盐池县政府建了一个长城纪念碑。碑下石板刻着长城在盐池境内的走势图，使人一目了然地看到长城走向和长城沿线的营寨。

　　这段古长城还算完整，长度一直连续下去，高度和宽度经风吹日晒和人为破坏，已经很沧桑了。一些墙体包砖现已砌成长城边的农家院墙了。长城内外30米用2米高全新的铁网全部封闭，不但牛羊进不去，连人也无法翻越。这样的保护措施比起银川段和灵武段要好得多。

兴武营古城遗址

我们按图徒步沿长城向东，由于不能走近长城，只好把长焦也拿出来拍照。我们徒步有5公里，沿头道边边走边拍。冬天的阳光在无风的天气更加温柔，阳光打在残缺的墙体上，也是一道亮丽的风景。

到了高沙窝乡二步坑村，一座残堡立在眼前，和所有的古营一样，除了四面边墙，营内已无古建筑。这里有一座现代人建的寺庙。据《嘉靖宁夏新志》卷三记载："旧有城，不详其何代何名，惟遗废址一面，俗呼为半个城。正统九年巡抚、都御史金濂始奏置兴武营，就其旧基，以都指挥守备。"

据考察，古城略为矩形，东墙长610米，西墙长580米，南墙宽470米，北墙宽480米。墙体筑有腰墩，东墙5个、西墙4个、南墙4个、北墙5个。南瓮门外百米处有一口古井，俗谓龙踏井。相传有一骑士经此前去灵州，时遇日将落山，遂向一牧民询问："天黑前能否到灵州？"答曰："灵州距此还有百余里，除非你是神人神马，否则不可能到达。"此时马渴不得饮，于是一声长嘶，用蹄挖地，顿出一口水井，清泉自溢。牧民抬头已不见骑士，后来在瓮城门上修建了关帝庙，铸造关公形象，并取名龙踏井。时遇雨水较多的年份，井水自溢。当地居民每逢年初便一大早来此观井，据说井水溢向何方，何方便会丰收。现在看到的这个寺庙，应该是附近村民重

兴武营古寺庙

建的关帝庙吧。

兴武营是长城沿线的重要城障，有"灵夏重地，平庆要藩"之称。由宁夏抵榆林界凡四百里，无高山叠涧可倚，则依花马池、兴武营控制。兴武营长城的特点是：河东墙到这里后分为两叉，一条偏南，通过县城北门进入陕西定边，逶迤东去；另一条偏北，与县城垂直距离5公里，进入陕西定边县的海子井就断了。当地群众称前一条长城为头道边，称后一条"半截子"长城为二道边。

传说当时负责修长城的一个朝廷官员因酒误事，酒后信马由缰，让人按照马跑的路线修了长城，等朝廷发现时，已修到了陕北，所以，对这段长城进行了重修，因此，这里的长城是两道边。城内已无观赏之地，我们便出城寻找长城岔口，怎么也看不出长城怎么分叉。左顾右盼之时，发现前面草丛中有一人影一闪不见。在这地方碰到个当地人很不容易，我跑步上前一看，是一位六七十岁的老奶奶，脸色黝黑，腰板倒还硬朗。

我问老奶奶，长城岔口在什么地方？她问，"你是来要的？"我说，游长城找不到那个分叉口。她笑道："我正准备把羊往鞑子地赶呢。"我往下一看，一群羊正在斜阳下悠闲地吃草，原来是个放羊的老大娘。

我心中暗暗惊叹，边塞战事过去四百多年，当地人还将这个地方称为鞑子地，可见边关残酷的战争给后代人留下了多么深刻的记忆。

长城内外都是一样的景色，我问她鞑子地在哪，她指着前面不远说："看到那个红牌子了吗？那就是界。你问的长城岔口就在那里。现在被平成田了，你们看不出来，我能，你顺着那个方向看有几个红土堆。"顺着她指的方向隐约看到二道边绕过村庄偏北而去，她又指着城边偏南方向说："那条是头道边。"

据说这里的长城内外，南面是黄土高坡，北面是鄂尔多斯大草原和毛乌素沙漠。现在这个季节，两边荒芜一色，没有当地人指点根本看不出边界，夕阳西下，落日通红，一幅边关落日圆的壮观美景。

兴武营古城马踏井

　　站在曾经的屏障、今天的古迹旁边，我默默注视周边的一切，只有这寒风中的古城墙，才能诠释兴武营曾经上演的非凡故事。明王琼《北虏事迹》中记载了明朝嘉靖年间的长城边上发生了这样一个故事。这个故事是说：有个韦州（今宁夏同心县）的汉族人投靠了蒙古族，跑到长城边上向明朝守军打探消息。双方互通情报之后，明朝守墩的军人劝他投诚回来，但这个人却拒绝了，认为在家乡度日比草原艰难。这个故事也从侧面反映出当时宁夏人民生活悲惨。

　　其实以长城为界，双方人民的日子都不好过。在相当长的时间里，明朝时期蒙古和中原双方都处于这样一种状态：隔绝、封锁，对峙与侵扰。为了解决牧区生产和生活上的不足，蒙古骑兵时不时挥戈南下，用掳掠的办法去夺取中原的物资。

　　而到了秋季，明朝则派兵深入草原纵火焚烧草场，谓之"烧荒"，使牧区的牲畜因缺草而无法过冬；明军还经常偷袭蒙古的营地，赶走大量的牲畜，谓之"捣巢"。反正你不让我舒服，我也找你的不痛快。在这种情况下，双方的百姓都生活在水深火热之中。时间久了，双边军民盼望和平稳定的愿望日益强烈。长城两边的人就像许多界邻地区一样，有了不断地流动和交往。在郑晓《皇明北虏考》文献里有这样的记录："墩军多与零贼交易，以斧得裘，铁得羊肘，钿耳坠得马尾，火石得羔皮。"说明墩军为了改善生活，常与关外的游牧民族交换一些衣食用品。

游牧民族不仅向墩军打探明朝情报，还邀请明军小头目去其营寨喝酒。说明民众并不希望隔绝和战争，他们想要的是和睦相处和互通贸易的和平生活。

"隆庆和议"的达成，结束了明与元蒙200多年的战争，给明代长城沿线带来了相对安宁的生活与生产环境，发展了生产，促进了汉族和蒙古族的商贸与友谊。长城内外也出现空前的"胡汉杂糅""喜见车书同"的和平融合局面。

望着残破的古城，回顾着长城边塞的历史，让人不由感叹战争与和平是历史永恒的主题。处于农牧交错带的兴武营，在和平时期是南北各民族广泛交往、密切融合的纽带。现在，经济文化的交流融合使民族分布的界线逐渐淡化，长城就成为各民族普遍接受的中华文化的象征，"大江南北、长城内外"变为形容祖国辽阔领土的常用语。

兴武营有古老的城堡，厚重的文化。它不只见证了金戈铁马的残酷厮杀，还有民族融合的柔情体现。长城是一条民族融合的纽带，不但起到了防御和促进北方经济发展的作用，而且还促进了汉族与北方各族在封建文明基础上的凝聚和融合，在我们统一的多民族国家的形成和发展过程中，起到了不容忽视的纽带作用。

第6站

盐池铁柱泉古城游记

2018年12月9日

出吴忠上307县道行33公里，进古石线走31.4公里。左拐进鸳冯路十里有余，再进244国道12公里即到铁柱泉古城，路程近1000米。

出行后天蓝且无风，大家心情都不错。朋友问我此去有何看点？我答，此去看点有三。一是探宝，二是寻泉，三是拔草吃揪面。来时我做了点功课，就此卖弄起来。

铁柱泉古城遗址

　　传说在明景泰年间，有一个李姓秀才来到铁柱泉城旁，发现有一处黑暗幽深的洞窟，他带领仆人点着烛灯进去。主仆二人在洞窟里走了20多步，推开一扇石门，看到里面有一尊铜铸佛像，旁边放着两具僧人尸体，盖着华丽的锦被，其面白唇红，像睡着了一样。尸体左右摆着各种金银珠宝，琳琅满目。李秀才惊喜万分，不顾一切地往怀里揣，兜里装，身上装得鼓鼓囊囊。当他起身要走时，突然刮来一股阴风将烛灯吹灭，石门自动关闭，刹那间鼓钹齐鸣，声如地震，室内变得一团漆黑。李秀才怕得要死，怎么也找不到来路，他赶快丢掉金银珠宝，糊里糊涂地从一个小窟窿里爬出来后还惊魂不定，浑身直冒虚汗。第二天，他带领家丁手拿铁锹、镢头再到此处，却再找不到石窟的踪迹，叫人挖掘，岩石坚固如铁，挖了半天也没有掘开。

　　故事刚讲完，车已行到灵武白土岗乡，我对大家说，这个地方的揪面很有名。大家问为啥，我又讲起了康熙巡城的故事。

　　据说康熙访宁夏时曾来到铁柱泉城边，他看到一个羊倌用粗壮锋利的芨芨草当锥子锥鞋底，很是惊讶；康熙在沙窝井烤火时，柴火旺而炽；到了灵武白土岗后，康熙肚中饥饿，吃了一碗村妇做的炒揪面，觉得特别好吃。康熙总结说："白土岗的揪面，沙窝井的柴，铁柱泉的芨芨能锥鞋。"至今在灵武、盐池一带，还流传着这句谚语。刚才我们就路过白土岗子了，看完芨芨草后来这吃炒揪面吧。大家笑道，那得吃啊。

　　说笑之间已到244国道，我往外一看，远处有一湖泊，这里前几天下过雪，冰冻之处雪掩湖面白色一片，未冻处碧水蓝天好不漂亮。我急喊，开过去。怎么没听过这个地方有这么大的湖呢？到了湖边，半湖洁白半湖碧，再加上蓝天相映，景色绝佳。

　　蓝天、碧水、黄草、雪面，此景犹如童话世界，美女披纱起舞，拍出照片如梦如幻，美不胜收。回来查询才得知此处属于灵武市白土岗子乡海子井村与盐池冯记沟乡回六庄村交界处，是宁夏煤业集团南湖蓄水工程，总容量7184.7万平方米。属于中等水库。2018年4月10日开工，2018年11月30日完工。才完工9天我们就来了，怪不得我一个老户外，竟不知有这个湖。

　　继续前行十九公里后进入草原路，远方突然呈现出一座古城如海市蜃楼，愈近愈清晰，在约一公里处停车拍全城外景，借此机会我简要介绍了一下铁柱泉古城的历史。

铁柱泉古城位于盐池县城西南45公里，冯记沟乡暴记春村。顾名思义，"铁柱泉"因泉眼水涌如柱、其色如铁而得名。明正德进士管律在《铁柱泉记》中载，铁柱泉"水涌甘冽""日饮数万骑弗之涸，幅员数百里又皆沃壤可耕之地""北虏入寇，往返必饮于兹"，因此，铁柱泉又被称为胡儿饮马泉。

明嘉靖十五年（1536），都察院左都御史兼兵部左侍郎（后为兵部尚书）刘天和奉命治理三边军务。当他来到铁柱泉驻马观察地形后，觉得这儿是一块风水宝地，遂对身边诸将说，铁柱泉周围几百里没有水源，如果在这里筑城，将泉水包在城内，可使敌骑无水可饮，不战自败。筑城以后，蒙古鞑靼诸部无法抢到水源，结束了170年来游牧民族突破花马池边墙大举袭攻灵州、原州、泾州等地的历史，铁柱城变成明军防御鞑靼的边防要塞。

铁柱泉古城遗址

铁柱泉古城遗址

我们从西而来，踏入古城西门，眼前一片荒芜，蔓长着芨芨草、苦豆子、沙蒿等植物，地表散布有明代陶瓷残片和砖瓦等建筑残件。古城呈矩形，南北长385米，东西宽360米，城东瓮城南北长28米，东西宽18米，为黄土夯筑，夯层厚20厘米。城墙原有砖石包裹，早年被村民拆除。古城掩埋在沙土之下，难辨其基宽与高度，但从残存的城门洞依稀可辨当年的雄伟。

朋友们寻宝的热情未减，满城散开查找，在荒草丛中一无所获，全部集中到东门瓮城之上。东门瓮城还剩两个城门被掩埋在沙土之中，城门的砖筑夯顶还在，依稀能看出瓮城形体。

站在瓮城，举目四望，稀疏的盐蓬，连片的沙丘，独立的老树，不远处的村庄，一齐呈现在你的面前。雄阔、空旷、荒瘠而又充满生命活力——这样的风光，只有在这里才能充分领略。明人有写盐池的句子："天空鹰隼高，野阔牛羊小。"感慨之后仔细观察，东边5里外有一烽火台，西边山上有一烽火台，看样子是报警之用。

北边是荒芜的沙滩，东南不远处有一个村庄，可能就是书上介绍的张家庄吧。正南有一处村庄，西南方向远处也有一处村庄。泉水浇灌"幅员数百里又皆沃壤可耕之地"应在南边。

离瓮城东南角20多米处有一座民房背坐那里，是一户人家，快到房后，在芨芨丛中立有两块水泥碑，一块粗糙，上面有字：铁柱泉古城，重点文物保护，盐池政府立，1986年4月。 一块新点，文字相同，2008年1月立。

走进前院，看似不像有人住，院内有一砖砌平台，进入第一间房，墙面有佛像壁画，下面有上香的土台，正房墙面有三幅佛像壁画，也有上香的痕迹。原来是当地人盖的庙堂。外形没有庙堂的标志，只有进屋才能知道，墙上贴一残纸，仔细辨认，是2014年各村捐羊的告示。

走出小庙，南边不远有棵大树淹没在芨芨草丛中，我提着相机想过去拍照，走出十几米，眼前一亮，一汪清泉藏在草丛之中。真有点"山重水复疑无路，柳暗花明又一村"的感觉。泉坑直径有七八米，周围一米结了冰，泉眼处泉水清澈，碧绿中映着岸边黄色的芨芨草，非常好看。

泉水向南近百米有一个直径20多米的大水坑，水面全部结冰覆盖着白雪。大坑东边有一截残破的人工渠，渠头有一间抽水房，看样子长时间没用了。坑边有两棵大树。仔细观察，从泉眼处到储水大坑边，过去都有高墙保护，现在墙还有两米多高，这就是在十几米外看不到的缘故。这个泉的保护墙是否和城墙相连，现在不得而知。

出城已是午后两点，朋友说附近的马家滩不但揪面好，手抓更好。铁柱泉城有名，这里的羊肉更有名，手抓馆一个接一个，非常红火，到了马家滩果然不假，大家吃完美味之后满意而归。

第7站

盐池八步战台游记

2021年3月1日

从安定堡出来，我们决定探访八步战台。这条线路是盐池县长城最美的徒步观光路，不仅户外的朋友常来此徒步，连县政府组织的长城健身活动也在此举行。我们的车缓行在白雪薄盖的起伏的山丘沙土路中，沿着荒莽原野向东驶去，欣赏着雪后长城的美景。

八步战台长城

从安定堡古城到八步战台约9公里。一路上长城有围栏保护。夯土墙虽未被黄沙掩埋，但坍圮风化严重，有的地方仅存凹凸不平的沙梁，原高大的墩台多毁成堆状。远远望去，依然可以感受到当年那雄伟壮观的风姿。蓝天、白云、黄沙、烽火台、残雪，各种要素组成了古长城残破的美、遗迹的美。

前行时，虽有路标指向，但感觉进入沙漠后还是需要导航，奇怪的是高德地图只能搜到七步战台村，没有八步战台，根据经验判断，此处应离八步战台不远，我们便按导航前行。路途中果然路过四步战台、六步战台、七步战台。这三个战台遗址可能混合在沙丘之中，只见标牌，未见实体。

过七步战台后约1.5公里到一长城豁口，路边标牌显示是八步战台景区。遂停车拍照，忽见豁口墙头上一人在操作无人机。我心中一喜，遇到同行了。前年我雪后探访银川三关口长城，遇到专拍长城的一个老师，现在还在联系。这个老师肯定是长城爱好者，这样的雪天，如果不是长城爱好者是不会到这个地方的，我赶紧上前攀谈。

原来是宁夏日报社的摄影记者，在盐池文保单位的领导陪同下，他也是趁着雪景来拍摄采访八步战台。这里平时被围栏保护起来，游客是不能进入的。我们有幸碰到他们，才得以进去近距离地观赏了著名的战台遗址。

战台像一个巨大的封土堆，位于"深沟高垒"内侧，坐落在坞城正中，战台为方形，基阔15米，台边长约11米，现高6.1米，内为黄土夯筑，外砌砖石。条石垫脚，东、西、北已塌陷成坡，只有南面存有直立墙面。南面墙下有拱形门洞，入内可拾级而上。四周有坞城墙残体。北边长城根下，有铺房、两道残墙，应当是当年驻军之所。

战台修建于明万历年间，为长城沿线重要军事营垒。台高20多米，古砖筑成，

八步战台遗址

凌空而起。据史料记载，战台内部构造分三层：一、二层为砖箍拱券形，经暗门回旋而上；第三层中间是穹庐顶空心室，当顶有一只倒悬的铁坠，称为"铁心"。北角有马路台阶，可以登临顶上，四面共有小房11间，门均向内开。共12孔拱圆形箭窗向外开。凭窗远眺，极目千里。战台顶部，可算第四层，是砖铺平台，四周有砖围的雉堞垛口。

两年多来，大大小小的边墙敌台我也走过了不少，土夯的、石垒的、砖砌的、地基砌在石头上的，包砖的。总体来说，宁夏的明代长城敌台多为实心建筑，有别于其他地方的空心敌台，可能因黄土夯筑难以形成空心建筑。

陕北基本是由黄土夯就的实心敌台，只是墩台中心洞梯较多，在陕西与山西交界之处过渡到砖砌空心敌台，到山西、辽宁、北京、天津的敌台多为空心建筑，并有箭楼等军事设施。而八步战台这种砖砌的，三层的，内部结构如此复杂且能驻军防御的（戚继光的空心楼敌台），我在宁夏还是第一次见到。在这里出现如此规模的空心战台，实属罕见。

这种敌台是明朝抗击倭寇的名将戚继光所创建。他任蓟镇总兵后，在加强和构筑蓟镇长城时，创造性地构筑的一种防御工程建筑物。它的位置通常构筑在城墙附近有利于作战的制高点上，能居高临下，支援长城线上的作战。

在隆庆三年（1569），戚继光建设的"空心敌台"横贯整个蓟州防线。这种长城上的新型堡垒，储备有精良火器，便于屯驻大量守军，无论多么凶猛的鞑靼骑兵入侵，都被阻挡在塞外。

空心敌台是为中世纪堡垒设计的。隆庆三年（1569）时，戚继光已修成四百多座"空心敌台"，到万历年间时，这种堡垒增加到1000多座，阻敌效果显著。八步战台建于万历年间，从时间上推算，应该是按照戚继光设计所造。遗憾的是现在只是一个土堆，昔日的雄姿也只能在历史文献中领略了。

戚继光为什么要设计建造空心敌台呢？这是他针对北方长城的缺点而创新的，他观察到先前的长城比较低薄，很容易倾圮。他在《练兵实纪》中说道："先年边城低薄倾圮，间有砖石小台与墙各峙，势不相救。军士暴立暑雨霜雪之下，无所藉庇。军火器具如临时起发，则运送不前；如收贮墙上，则无可藏处。虏势众大，乘高四射，

守卒难立。一堵攻溃，相望奔走。大势突入，掳掠莫御。"这确实击中了实体敌台的弊端，河东墙屡遭敌突破，无不与此有关。

对于如何拒敌于墙外，他说："今建空心敌台，尽将通人马卫处堵塞。其制高三四丈不等，周围阔十二丈，有十七八丈不等者。凡卫处，数十步或一百步一台，缓处，或百四五十步，或二百余步不等者为一台，两台相应，左右相救，骑墙而立。"我推想，四步战台、六步战台、七步战台也是按此理论所建。

当然，他也制定了造台的方法："下筑基与边墙平，外出一丈四五尺有余，内出五尺有余，中层空豁，四面箭窗，上层建楼橹，环以垛口，内卫战卒，下发火炮，外击虏贼，贼矢不能及，虏骑不敢近。内部结构基本相同，但驻军和管理各地有所不同。

纵观历代长城建筑，由城墙、关隘、城堡、烽燧四大部分组成，到明代已一千多年，其基本构成没有多大变化。只有空心敌楼是明代才产生的，戚继光的创新之举在古代长城建设和防御上建立的丰功伟绩是不可磨灭的。

八步战台是用青砖修筑的，体积之大，结构之复杂，成本之高，修建技术难度之大可想而知，这使得它在宁夏的土长城中更具有一种独特的魅力。它能起到"一夫当关，万夫莫开"的作用，因而在河东长城中的地位和知名度都是很高的。

关于八步战台名字的来历，有专家说是以八步尺寸而得名。我查了一下，明代一尺就是0.283米，10尺一丈，所以一丈就是2.83米。按8步（4丈）来算，边长是11.32米。现在测量的战台遗址"台边长约11米"应该是没错的。其他的四步、六步、七步战台，也应该是以见方4步（2丈）、6步（3丈）、7步（3丈5尺）而得名。

每一个名胜都有一个传说，这些战台也不例外。传说，当年皇帝为加强长城沿线防守，同时派两个将官在头道边内监造战台。其中一位将官只求快不图好，一年时间修起三座战台，这就是四步、六步和七步战台。另一位将官则工图永固，精心监造，不求速度，花三年时间才造成一座八步战台。

皇帝听完这两位将官修筑战台情况后，立即传旨对一年修三座战台的将官嘉奖晋爵，而对三年修一座战台的将官处以死刑，并下令将他的心掏出来，挂在八步战台穹庐顶上，以儆众将，这就是那颗倒悬的"铁心"。因这位将官死得冤枉，他的

八步战台遗址

心终不干枯，就一直挂在八步战台之内了。

传说归传说，但"铁心"将军所造的八步战台的质量可不是传说，500年后它接受了后人的检验。按理说由于盐池地处毛乌素沙漠边缘，战台遭受人为破坏和风沙的侵蚀，再加上战乱和灾难等不可抗拒的因素，早已坍塌。但八步战台一直坚挺到20世纪60—70年代，当地居民要拆除站台外包砖进行人防工程建设，但由于战台坚不可摧，最后只能用炸药炸毁，其坚固程度可见一斑。因此，八步战台现在看到的只是一堆废墟。

长城，从天边来，又消失在天边，蓝天白云与白雪衰草一起听着几百年刮不完的历史风沙。今天，我们站在宁夏罕见而又有血气的"战台"前，仍然能感受到它的旷野和豪迈，坚贞和不屈。

当年坚不可摧的八步战台早已被历史湮没，但是它的"战台"精神还在，它就是尽锐出战、迎难而上，万众一心、众志成城，在四面是敌的包围下敢于拼搏，誓与战台共存亡的伟大精神，它生动诠释了中国长城精神的时代内涵，汇集了保家卫国的磅礴力量。

第8站

盐池安定堡游记

2021年3月1日

　　宁夏东长城是我走长城以来走得比较早的一段，当时计划比较粗略，在沿线古堡长城中选了几个有代表性的，走一个隔一个，完成了灵武横城长城、清水营、兴武营、铁柱泉、长城关、花马池、盐场堡等古城、古城堡的探访，认为这些就能对东长城墙有个基本了解。

　　上个月偶遇出版社学识渊博的唐老师，她建议："宁夏东长城除了你走过的那些，还有安定堡古城、高平堡、英雄堡、毛卜喇堡、天池子堡等古城堡。每一个城、堡、烽墩都有它的历史、文化和故事。特别是安定堡，建于明嘉靖元年（1522），是

安定堡遗址

安定堡瞭马墩

深沟高垒长城沿线上的一座重要城堡，历史悠久，文化深厚。1697年3月，康熙平定噶尔丹进入宁夏地界，由花马池前行，安定堡也是他的驻跸之地。知名度很高。你应该探访一下。"

我决定重走东长城。恰遇2021年的第一场雪普降宁夏川，3月1日雪过天晴，为探访雪中的长城，我们驱车前往安定堡。高速无雪，车轻人悦，两个小时路程到达安定村。

沙漠上覆盖了一层薄薄的白雪，向阳的地方雪已化，露出沙的黄色，黄白两色绘出了沙漠美丽的图案。银装素裹的几个农舍散落在大地之中。远处耸立着无数的风电轮叶，在碧蓝的天空中分外妖娆。天地茫茫，看不出附近哪有古城遗址，幸遇本地村民车辆，拦停询问，方知在村东北两公里处。

按指引路线，首先来到村北高坡梁上一个烽火台。烽火台前留有残雪的沙漠上引人注目地立着一排标语：长城外古道边，□草□连天。缺失的那两字我猜了一下，应该是"芳"和"碧"吧，是人们常唱的"芳草碧连天"。

在这个被当地人称为料马墩（有称瞭马墩）的烽火台前，躺着一块碎成几块的汉白玉文保碑，半掩在黄沙之中，碑虽裂缝较大，但仔细辨认还能读清其内容。绕烽火台察看一圈，再结合碑文，我们知道这是安定堡村三号烽火台。位于盐池县王乐井乡牛记圈行政村安定堡自然村，安定堡城址北侧600米，所处地势较高。有围墙，

安定堡遺址模型

围墙用黄沙土分层夯筑而成。夯层厚0.15米，墙基残宽为 2 米。东、南、北三面墙体外侧地势较低，边长30米。

烽火台成方锥台体，黄土夯筑而成，土质较纯净。夯土层厚0.19米；烽火台底部边长15米，顶部凹凸不平，边长 6 米，台体高 8 米。四壁受雨水冲刷后塌毁较严重。东壁和北壁裂隙、坍塌较为严重，底部有较厚的夯土堆积。西部和南部有较多的风蚀孔洞。根部掏蚀凹进，保存较好，形制基本完整。有认领保护者：高万东、陈静。

看到认领保护者，我知道这是盐池县根据《中华人民共和国文物保护法》和《长城保护条例》的有关规定，针对盐池县境内长城本身的特点和长城保护工作的特殊性，向全国公布长城认领保护的暂行办法。这份办法规定，凡是热爱长城的单位、企业、集体、个人，都可以认领保护长城。我本人也积极响应，加入了盐池县长城保护学会，按规定交了认领费。

我回来后向盐池长城保护学会群反映碎碑一事，得到的解释是风把碑周围的沙子吹开了，有历史记载为证：明嘉靖九年（1530）五月，齐之鸾、张大用和朱观在安定堡附近试筑边墙，随筑随塌。后掘沙丈余得土，又在百里之外挖泉引水浇灌，这样才把边墙筑成。现在的人没学古人的经验，把石碑立在沙土里，自然也是随立随倒。这说明，古人筑墙艰难，今人立碑不易，保护长城之路任重而道远。

按公路旁旅游景点路标驶到古城南门。这里是丘陵地貌，从公路上看长城和古城与沙丘混为一体，只有到城墙下，才能看出这里曾经是高大宏伟的古城。近观安定堡的堡墙，经过数百年的风雨侵蚀，这古城墙不少地方早已经变成了垄状。可是又一想，夯土的城墙历经数百年的侵蚀能留存到现在这样已经实属不易，因为毕竟是处于风沙最凶猛的地段。

步入古城，城内面积很大。南门已成豁口，瓮城门址残毁不存。安定堡四面墙垣、角台及马面均用黄沙土夯筑而成，现在坍塌积沙成斜坡状。只有北墙西段两小段有耸立之感，北墙中部有很大的墩台，形制尚在，应该是北关城楼遗址，似乎告诉来客这里曾经的辉煌。

堡内杂草丛生，芨芨草可没羊群，十分荒芜。地面遍布残砖碎瓦，房屋基址已被挖毁。地面高于城外地面，地势东高西低，东南角地势相对较高。巡视一番，无古井遗址和驻军生存遗迹。

沿着城墙外侧巡视一圈，坍塌的城墙土坡上，到处都是残砖瓦砾镶嵌在白雪之中，黄色的芨芨草秆顽强地从砖瓦叠塞处仰望天空。墙外侧和内侧基本一样，游人可踩着砖石土堆登上城墙。安定城原本是由砖石包砌，俗称砖包城，在宁夏，砖包城可是重要城池的标配啊。

据说，20世纪60年代城砖才被拆除。城墙风雨剥落数百年，尤其是城砖被剥离后，城墙土胎损毁得更快。现在即使要保护也是难上加难，唯一的办法是像花马池古城那样重新包砖。那样不但成本太高，修出的古城也不伦不类。

从古城出来，移步南门口杂草丛中一个新修的凉亭，走近看竟然是一个井亭，无名。井水位很高，有1米深，旁边放置打水桶，设有导水槽至饮水槽。井水清澈，应是古堡军民饮水之处，现为饮牛羊之用。

众所周知，长城的一个重要作用就是保护水源，使入侵之敌无水可饮、无草可食，不战自退。当年长城沿线水草丰茂之地均被围在长城之内保护起来。

这个水源在长城以内和古城南门口，也应该是被保护之井。当年那些有记载的水源经过几百年的沧桑现已无踪可寻，如最著名的铁柱泉在明代还是鞑靼入侵的万人饮马处，到了清中叶就逐渐干涸消失了。而安定堡的泉水至今还水源旺盛。我不禁深深感叹："闲云潭影日悠悠，物换星移几度秋。"

观完泉水亭，向西的出路是一个长城豁口，保护长城的铁丝网前立一块黑色文保碑，正面标明"东长城"三个大字，背面为长城简介。阅读之后增长了不少知识，东长城是宁夏境内中东部区域修筑的长城防御设施，走向东起于盐池县花马池镇，西止于兴庆区横城村北黄河岸边、在灵武市清水营东分为内外两道，习惯上称为"头道边"与"二道边"。"二道边"即外长城又称河东墙，俗称河东横城大边，成化十年（1474）修筑，自黄河嘴起至花马池止，长193公里。

头道边即"内长城"，又称"深沟高垒"，嘉靖十年（1531），兵部尚书王琼奏筑，自横城至花马池止，长180公里。现存墙体35段，墙体沿线敌台376座，铺设15座，烽火台27座。品字窑一处。

这里还有一个引人注目的工程——长城保护网。网有2米之高，绿柱绿网高大细密，安装隔离和保护效果很好，人和牛羊根本无法进入防护区内，在长城沿线也成了一道风景。看得出盐池县对长城的保护做了大量工作，相比走过的其他长城的保护措施，要认真踏实很多。

向西上公路，公路右侧新建仿古建筑，本以为是长城博物馆，开车进去一看，原来是游客接待中心，空旷无人。扫兴之余掉转车头开到南边宁夏哈巴湖国家级自然保护区柳杨堡管理站安定堡管理点。与值班人员交谈后才得知，游客接待中心对面那个粗糙的不起眼的四方围墙是微缩安定堡古城。

我回到游客接待中心，看着这个微缩安定堡古城，为盐池文化和旅游局的创新所感叹，虽然城堡除了残墙其他已消失殆尽，但有了这个微缩景观古城，也能直观地认识古城原貌。再通过景点介绍，能使游客全面深入地了解古城的历史文化。

安定堡建于明嘉靖元年（1522），是三边总制、兵部尚书王琼奏准，齐之鸾于嘉靖十年（1531）督修的深沟高垒长城沿线上的一座重要城堡。城堡东西429米，南北约290米，门南开，有瓮城，北墙正中跨腰墩，其东、西、北三面有长城墙体环绕。四面墙垣、角台均用黄土夯筑而成，墙垣外侧原有包砖。城内以钟鼓楼为中心设十字街。建有兵器库、训练场、寺庙、粮草库、马圈、兵营等。

安定堡由于地理位置的平坦，无险可守，很难抵御强敌铁骑攻入，是鞑靼侵犯的首选之地。鞑靼部多次由安定堡破长城入塞。因此明军与鞑靼部多次发生冲突，战事之惨烈，史书多有记载。据载，头道边修筑起来后的第二年冬、第三年二月、第四年七月，鞑靼吉囊部连续三年劫掠花马池和固原。随着战事增多，安定堡的防御地位和规模逐年增大。

明代长城沿线各堡驻军，每个时期都不完全一样。定安堡的驻军规模与军事防御相关。以前安定堡置操守官分守，按当时规模，驻军225名。到了《嘉靖宁夏新志》记载，"安定堡，在城西六十里，分后千户所官吏、印信，皆在此，兵马五百员名，操守官一员，掌所官一员"。

再后来，明代人张雨写的《边政考·宁夏卫》记载，安定堡驻军原额马队1703名，除逃亡和其他事故外，见在驻军435名，马133匹。城堡统军官操守一员，后千户所掌所官一员。《边政考》成书于明嘉靖二十六年（1547），这里记载的数据是当时的驻军人数，包括马匹数。

定安堡的知名度真正提高却是在166年之后，中国历史已经历了一次改朝换代，清王朝取代了明王朝。清康熙三十六年（1697）二月，康熙再次亲征噶尔丹来到宁夏，曾于二十一日抵驻安定堡，以至于安定堡后来有了一定的知名度。

事情的经过是这样的：康熙三十六年（1697）二月初六，康熙为征讨叛乱的蒙古准噶尔部首领噶尔丹，离开京城，到宁夏指挥平叛。三月十七日，到达定边营安边，宁夏总兵王化行前去迎驾，并奏请康熙"到花马池围猎，以观军容"。三月二十日，康熙驻跸花马池。三月二十一日，驻安定堡。三月二十二日，驻兴武营。

由此可见，一是当时安定堡在盐池县所有堡子里是规模最大的，因为它是东连花马池城，西接兴武营城的纽带。二是康熙走的这条在明朝形成的与深沟高垒并行的保卫边境安全的道路，驻跸地均是在明代沿深沟高垒修建的驻军城堡，定安堡在清朝还有军事防御功能。

安定堡是明、清两朝著名军营，直至中华民国时被裁撤，结束了它保卫边疆的历史使命。

在新修的观景台上我伫立了许久，俯视古城全貌。长城由西北方向而来，到安定堡走向已成东南方向，而在距离安定堡仅数十米的地方拐了一个直角，向东北方向而去，东、西、北三面有长城墙体环绕，安定堡就坐落在边墙怀抱之中。

现在，昔日热闹的军营、嘶鸣的战马和撞击的兵戈，都已消失在历史的长河之中。500多年的风沙侵蚀和人为损毁，使得今天的城堡在残雪寒风中更加显露出孤寂、悲壮和苍凉。

盐池长城关游记

2018年12月14日

《九日登长城关楼》

明 王琼

危楼百尺跨长城，雉堞秋高气肃清。

绝塞平川开堑垒，排空斥堠扬旗旌。

已闻胡出河南境，不用兵屯细柳营。

极喜御戎全上策，倚栏长啸晚烟横。

盐池长城关

盐池长城关

　　每当读到这首诗时，我就被诗人的豪迈之情所感染。诗人重阳节登上气势雄伟的长城关楼，登高远眺，朔方形势尽显眼底。恰好听到敌军已撤出黄河以南地区的消息，军中不用再戒备森严，短暂的和平已经到来。想到眼前新修的这条"边墙"和长城关楼已经起到的震慑敌人的作用，以后可以少养兵丁，节省开支，以逸待劳，强化边防及长期促进边疆和平，逐步形成各民族和谐的局面，诗人诗情大发，挥笔写下了这首长城关的著名诗篇。

　　由此也就诞生了万里长城上唯一一个以长城命名的关口——长城关。史料记载，长城关是在明嘉靖十年（1531），由当时总制陕西三边军务的兵部尚书兼都御史王琼所修，当年的九月九日重阳节，为庆祝长城关楼建成，王琼登上刚刚新建的雄伟关城，登高望远，景色雄阔，闻敌已退，心情大悦，赋诗一首。这一豪迈时刻被载入《副使齐之鸾东关门记》"花马池营东者，为喉噤总要，则题曰'长城关'。高台层楼，雕革虎视，凭栏远眺，朔方形势，毕呈于下。"

　　2020年10月25日，金风送爽菊花香，天朗气清，是与大自然亲临、享受极目远眺、的最佳日子，由于受《九日登长城关楼》一诗的影响，我也决定登池上楼，来次怀古之旅，探访长城关。

　　驾车上青银高速，约两个小时驶入盐池城高速路口。迎面而来的就是一座高耸的古楼，似乎在迎接入城的客人。朋友告诉我，这就是盐池新建的长城关楼，古人称为"平固门户，环庆襟喉"。

长城关位于盐池县城北门，原遗址在现关楼东侧一里地左右，关城建筑已毁，仅存高大的土台。作为盐池县城的门户，人们一到盐池首先就能看到这个气势雄伟的标志性关楼。现在的长城关总高45.45米，建筑面积1837.2平方米，城楼南北已经建成广场公园，水池花园、亭台楼阁、长城博物馆等集旅游、娱乐、休闲、聚会为一体，景色十分优美，一进盐池就让人感受到这个古城正焕发着青春的光芒。

到了关楼，我首先参观了盐池县长城关博物馆——一座以长城为主题，全面反映长城历史、军事、建筑、经济、文化艺术及现状的专题博物馆。长城关博物馆分西大厅和东大厅两个展厅。西大厅为中国历代长城文化展厅，东大厅为花马池明长城文化展厅。

西大厅分为三部分：万里长城，千古雄风；城彼朔方，控扼塞上；爱我中华，修我长城，较为系统地展示了春秋战国长城、秦始皇时期的防胡大垣，丝路雄关——西汉长城，北魏、北齐、北周长城，隋长城，辽金长城以及长城著名关隘胜迹、长城及其附属设施、长城武备、长城文化等内容，其主题为"长城是中华民族灿烂文化的骄傲"。东大厅较为全面地展陈了花马池长城、城堡、墩台、战台等军事防御体系构筑的背景、分布、建筑状况以及战事和驻守将领。

登临关楼，其北部为风沙区，属毛乌素沙漠的一部分；中部为丘陵滩地，地势平坦开阔；而南部则为黄土沟壑区。长城如龙，从东蜿蜒而来，连接关楼，又从关楼向东蜿蜒而去。把北部的沙漠草原与南部的城市分隔开来。高耸雄壮的城楼上书"深沟高垒""朔方天堑""北门锁钥""防胡大垣"等字样，雄关守国土的雄姿依然显现。古人悬挂的这四幅匾额，是对脚下长城的作用和意义的体现。

下面我们就从这四个匾额来加深对长城关楼的认知。

一、深沟高垒

"深沟高垒"意思是指深挖壕沟，高筑壁垒，构筑坚固的防御工事。出自《孙子兵法·虚实篇》"故我欲战，敌虽高垒深沟，不得不与我战者，攻其所必救也"。也就是说从古代《孙子兵法》上就是一种优良的防御措施。到了明代，因为宁夏灵

盐池长城关

武盐池边防的地理特点（北部为风沙区，属毛乌素沙漠的一部分，地势平坦开阔利于蒙古骑兵冲击作战），采用了这一古老的防御措施。

王琼修筑的这道长城西自张家边壕入县境，与河东墙并行至兴武营处向南分离。经过高沙窝、王乐井、花马池等乡镇，向东交于陕西定边县，盐池县境内长68公里。为了增加防御力度，内筑长城，外挑壕堑。有些地方壕沟深宽皆两丈，所以这一段长城也被称为"深沟高垒"。

二、朔方天堑

"朔方"意为北方，"天堑"形容它的险要。朔方天堑就是北方险要的防御工事。明嘉靖年间，总制陕西三边军务、兵部尚书王琼经常带兵在盐池一带防秋（古时北方边塞每逢入秋经常发生战争，届时边军加以警卫，称为"防秋"），发现河东墙一带损毁严重，遂上奏朝廷建议重新修筑。皇帝以全陕灾伤，军民困敝，待丰年议奏为由未能批准。嘉靖十年（1531）十月，王琼再次上奏，认为应挑挖壕堑，防护盐池，以通盐利"，皇帝始准奏。这才修成了这道朔方天堑。

三、北门锁钥

"北门锁钥"指北城门上的锁和钥匙，后借指北部的边防要地和重镇。在这里当然是指长城关了。说起"北门锁钥"，还有一段故事，据典书《四部丛刊·五朝名臣言行录》记载，辽宋澶渊之盟后，宋朝宰相寇准被派去镇守北京，辽朝使臣路过北京，问寇准道："你位为宰相，为什么却来这里？"寇准说："朝中无事，北门锁钥，非准不可。"从此以后人们便把镇守北方的大将称"北门锁钥"。

四、防胡大堑

胡，古代泛指北方和西方的民族。防胡大堑就是防御胡兵用的壕沟，护城河。当然最出名的出处就是唐朝胡曾的《咏史·长城》："祖舜宗尧自太平，秦皇何事苦苍生？不知祸起萧墙内，虚筑防胡万里城。"但是，这里的长城可不是虚筑的，而是实实在在要抵挡敌人进攻的。

头道边修筑起来后，鞑靼吉囊部连续三年掠花马池和固原。攻掠固原必经花马池，而经过花马池就要挖掘长城，游牧民族众多，所以攻掠一次，挖掘长城就不止一处。挖掘的缺口越长，他们进出越方便。

为了防止敌人挖掘长城，在长城墙体相距300米左右间筑有方形敌台，以便从侧面攻击来犯之敌。墙体内侧每15公里左右置城障，以便驻兵防守。嘉靖十六年（1537），兵部尚书、三边总制刘天和沿边墙内外各挑壕堑一道。隆庆四年（1570）五月，三边总督王之诰调宁夏与延绥兵合力头道边一带长城与城堡。头道边一带防御体系成为明时宁夏东路最为紧要的防御工事之一，也是明朝廷防守京都的第一道防线。

站在危楼之上，我望着东侧古老的长城关楼仅存高大的土筑墩台，昔日的深沟高垒大多已是残垣断壁，沟被沙填平，逶迤蜿蜒伸向远方。防胡大堑已成过往，朔方天堑阻断的长城内外已成通途，北门锁钥的新关楼成了旅游城市标志性建筑。500年来，这里的长城历经风雨沧桑和岁月的洗礼，依旧掩盖不了它的雄姿和精神，它是人们心中永远的"钢铁长城"。

花马池古城游记

2018年12月16日

　　花马池古城即盐池县城，对我来说既熟悉又陌生，既古老又现代，既城市化又返璞归真。

　　古城的事儿，我听过一个美丽的传说，每次进县城时要通过一段残垣断壁的城墙，仿佛要告诉人们这里曾经是一个古城。除此之外，这里是宁夏第一个苏区，有革命历史，现在每年有很多党员都来这里接受革命传统教育。

　　古长城在盐池给人的印象，到处都是道路沿长城走，城市在长城里，村庄在长城边。人们对长城见怪不怪了。当我真正关注长城时才惊奇地发现，明长城在盐池就有三道：头道边、二道边和固原内边。在全国名气最大的就是花马池长城，1999

年3月1日中华人民共和国邮电部发行了《万里长城（明）》（花马池）普29-19邮票，面值10元，票幅规模31×26毫米。图案选用了万里长城的要塞之一花马池景观。

其实登临花马池城不仅仅是为了那句"一泓光积雪，千里影追风"。在雄伟壮观的花马池城上，还有许许多多值得欣赏回味的花马池名称来历的美丽传说。一说，早年间盐池城东有一大水池，池水丰盈，芦草丛生。在一个盛夏的中午，池中突然出现一匹色彩斑斓的骏马，但这匹马可望而不可即，当人们去捉它时，它就无影无踪了。民国《盐池县志》也记载：相传池中发现花马，是年盐产屯丰。因而得名花马池。二说，明时这里雨水较盛，城墙上长了青苔，在得胜墩一带有一群各色牧马在吃露水草，马的身影被早晨的阳光折射在城墙上，斑斑斓斓，故名花马池。三说，明代兵部尚书王琼来盐池一带防秋，骑马过城，马口渴不得饮。偶遇一池水，马急于饮水，王琼也未下马，当马饮完水后猛然站起，结果马失前蹄将王琼摔落，王琼自嘲道，"马者，马也，滑死我也"。故名滑马池。四说，民国《盐池县志》记载：明时"因课盐买马而得名"。又及，花马池为唐代盐州之地，相传盐州是唐帝国重要的养马地方，唐朝在这里设置了专管养马的官员和机构。唐朝在盐州的牧马监坊养着数万匹官马，官马的身上都打有戳记，叫作"花马"，花马池也由此而名。五说，盐池的麻子只开花不结果，是名花麻池。六说，《嘉庆定边县志》载了一首《花马名池》的诗。小序写道："盐场堡北有花马大池，本西秦牧地，池产盐，前明天顺中复以盐易马，故名之。"

池也何名马？池开贸易通。

一泓光积雪，千里影追风。

利牧传秦伯，和戎纪魏公。

鱼盐昭画一，岁献五花骢。

在上述众多的说法中，还是用盐换马，即换马池，由于音转为"花马池"而较确切。

所以这次作为"走长城"的第六站，我专门奔花马池古城而来，当登上一个完

花马池古城

整的古城墙时，心情无比激动。我来盐池多次，还真没登上过这么完整的城池（虽然按古制重建），这在宁夏所有古城中是没有的。

城墙的外侧高大坚固，每隔几米就有一个垛口，城门和城角都有门楼和角楼，南门、东门各有一个瓮城。护城河、角楼、箭楼、瓮城、正城门，形成了五道防线，敌军要想攻破，极其不易。使人感觉此城固若金汤，能抵挡住敌人的千军万马。

站在这里向远处瞭望，似乎能感觉到身穿铠甲的勇士正挽弓搭箭与我同在这垛口前，炯炯有神的眼睛眺望着远方。如果我是一位守城战士，在这样坚固的城池上，也会满怀信心、斗志昂扬，有一种"不教胡马度阴山"的豪情。

古城墙的维修，一是利用原城墙砖修建了四百多糖米；二是充分保护了原土城墙遗址，用砖墙护住土墙，在城墙面上铺上透明玻璃。使游人既能看到原遗址，又能保护遗址不被风吹雨打。满足了人们观赏怀古之情又不破坏古迹，体现了建设者的良苦用心。

走到瓮城，城下墙上有块碑引起了我的注意，上面标明：闽宁对口帮扶项目"古

花马池古城

城墙瓮城修复工程"。落款是：福州市鼓楼区援建。

有人说这是个新城墙，既破坏了原汁原味的古迹，又没什么文物价值。我不这样认为，花马池城墙的成长和发展有其漫长的过程，后续的修建从来就没有停止过。花马池古城墙的历史叠加，追溯源头，完全可以上溯到明朝，它是400多年历史文化的延续。

正午，阳光直射。虽不是摄影的最佳时段，但也按捺不住拍照的冲动。我站在古城墙的顶上往下看，城墙内外都是高楼林立、车水马龙。我再一次感受到了盐池这座古城所体现出的古朴美与现代美的完美结合。

盐场堡花马池游记

2018年12月16日

出了花马池古城，朋友说宁夏长城"河东墙"宁夏段我们已经走完了。我说，没有，还有个地方我们必须得去。如果不去，花马池古城的文化就是无根之木，无水之源。他问，在哪里？我说，真正的花马池盐湖——长城过宁夏进入定边的第一个要塞盐场堡。

盐场堡遗址

　　盐湖离盐池古城东北22公里，离定边县城西北约13公里。花马池古城就是因这个湖名而定的城名，若不去此湖，怎么寻找古城文化之源呢？再说，此地盐资源为历代各地所必争，现在虽在陕西定边境内，但在地理位置上，西与盐池县接壤，北与内蒙古鄂前旗相连，历史上都有所属。明时筑城以此湖名定城名，当时应该属于盐池县所管。城与湖是一个文化整体，所以不能不去。

　　花马池盐湖的位置应该在盐池和定边路的中间，但我们没去过，朋友西楼驾车东去。出城10多公里，估计快到了。我在导航输入"花马池湖"后，导航提示让掉头往回走。西楼问，咋办？我答，听导航的吧。遂掉头又回到城边工业园区路口向南，穿过盐川大道，距它不远处一个小山峁上有座庙，庙的前面有一片湖水。导航提示已到目的地。

花马寺

我俩四目相对，这是向往已久的花马池盐湖？不像啊。既来之，则安之。停车一看，庙宇匾额上写"花马寺"。既与花马有关，上去看看也无妨。

庙不大，坐落在一个山峁顶端，峁是很小的山峁，四周空旷，向北望去，在两池湖水中央横空飞起一座七孔彩桥，好像是一个人工景观湖。远处连着茂密的森林，极目远眺，遥遥地隐亘着两条长城，延伸在无边无际的大漠风烟中，似历史长河，在时空中流逝。

牌楼高大，进来的人要拾级而上。走上约20级台阶，进了牌楼，眼前呈现一块平地，约有二三亩地大小，长方形，北面是个供庙会演出的戏台，庙会在每年的三月初三和九月初九，现在空旷无人。南面靠近牌楼的地方，立着一块石碑，碑文上记载："脚下，花马池古城南十余里，有亭隐然而高……乃古刹无量殿是也，无量殿始于明代，近长城并花马池城，因越世久远，风雨侵蚀，空有残垣断壁，徒生云殿之嗟"。说明此庙最初是明代所建的无量殿。

寺院不大，有门牌、天王殿、观音阁、无量阁。我看到一个钟楼在无量阁二楼，信步上去。中央悬挂三尺大小的铁钟，钟悬在阁顶，阁的周围是彩绘传说，已经残败不堪了，钟上有铭文，记载此钟铸于清道光年间，用手轻叩，钟声悠长。随着钟声响起，阁顶栖息的鸟儿惊起，惶恐地扑棱着翅膀，飞出阁楼，冲向无边无际的天空。脚下踩着厚厚的鸟粪，留着经年累月的足迹。

下楼后我俩相视一笑，既然这是花马池历史文化的一部分，也不能算白来。

出了花马寺，才想到导航提示来这的原因，我只输入了"花马池"而没输"盐场堡"。于是继续导航，方向竟是向南去，根据导航走出盐川大道，又左拐进入乡道几公里，穿过一个村庄后进入沙漠草原土路。西楼停车看着我，目光像是在询问，我看了一下土路比较硬，估计不会陷进去。我对西楼说，出来不就是旅游吗？这草原风景不错，大不了进去没路了再开回来……

车在冬日的草原小路上穿行，正午的阳光普照在黄色的枯草上，升起青色的烟雾，配上远处黑色的树林，犹如一幅水墨画，天空湛蓝，没有一丝白云。我们心情很是不错，边聊边欣赏起这冬天草原难得的风光。

花马池盐湖

　　突然，车被一群羊儿挡住去路，停车待羊儿走过，对面骑来一骑摩托。我们正好向他问路，他说，拐弯往北穿过高速路洞子，往东北有条小路，直直过去就到了。

　　穿过路洞，向东北而下，草原逐渐变成盐碱滩，前方地面出现一个灰白色的大堆，堆边有湖面存在，西楼说终于到盐湖了。

　　绕过一段破旧的长城，车开到盐业公司的门口，碰到一个妇人，向她打听盐湖走向。她指着西边一个砖门，过去是一个破旧的家属院，现已无人居住，看到职工食堂高耸的烟筒，就能想到当年的热闹场景。小区后头是一道古城墙，墙后便是真正的花马池盐湖了。

　　站在城头，遥望一片白茫茫的辽阔池面，终于目睹了被誉为"定边八景"之一的花马池。史书记载：水面如镜，池周绿草如茵，野花丛生；池畔坝田毗连，渠道纵横，每当入夜，明月空照，池光水色，上下辉映，景色明丽。虽然现在是冬季，湖面也宽广秀美。就是这个湖有一个美丽的传说，花马池城的文化来历才生动起来。

很久以前，盐池与定边交界的地方有一条很长的川地。川里布满了大大小小的水湖，就像天上的星星。其中有个水湖特别大，湖水清澈，岸上野草茂密。

有一年盛夏，住在湖边的百姓突然发现湖边的草丛中有一匹色彩斑斓、扬鬃翘尾的花马。大家都以为它是从蒙古草原上脱缰而来的，可是，当人们靠近马儿时，马便纵身跳进湖里。几个年轻人脱掉衣服，"扑通"一声扎入湖中奋力追捕，眼看要逮住了，忽听得"咴咴"长嘶，花马突然潜入湖底。小伙子们在湖水里浮上沉下，折腾了半天，连花马的影子也没见到。大伙儿惋惜地说："好好的一匹骏马给淹死了！"谁知第二天中午，花马又在湖边悠然自得地吃草。小伙子们又去捕捉，花马仍然潜入湖底。一连数日，天天如此。之后，人们便不再惊动它了，任由它吃草喝水。

转眼冬天到了，花马吃得膘肥体壮。一天清晨，天空飘着雪花，湖面结了一层冰。忽听得花马一声长嘶，刹那间，湖面的冰层裂开，花马纵身跃入湖里，水浪立刻平静，湖面又结上了冰，从此花马再未跃上湖面。可水湖却变成了盐池。湖水天然结晶成盐，千百年来，取之不尽，用之不竭。由于那匹神奇的花马，人们便把这个大盐池叫作花马池。在池边修筑的城，就叫作花马池城了。

冬天的盐湖已经停工，清冷的湖面没有人的踪迹，天上有只鹰在盘旋。望着岸上像山一样的盐堆，古代的人们用什么方式在此捞盐呢？

花马池湖采盐历史悠久，始于秦汉，昌于唐宋，盛于明清。古时花马池产盐，工序简单，成本低廉，历史上的采盐方法据《嘉庆定边县志》载："每年二月间于池内开治坝畦，引水入池灌畦，风起波生，日晒成盐，用力极易。"花马池，南北约2里，东西约6里，周围约16里，每年二三月开始捞起，至八九月，年产盐约800万斤。明代，盐湖的收入是驻边守军的军饷来源。花马池现已成为定边县重要的工业区。花马池不仅盐产量高，而且质量好，素以粒大、色青、味醇的特点，享有盛名。

位于湖南边的半截土墙就是延绥镇西路所辖三十六营堡之一——盐场堡，长城在湖的北面，湖在城与墙的中间被保护着。城下乱草丛中有一块汉白玉石碑。正面写有"明长城遗址：盐场堡"，背面是盐场堡的历史简介。

至此，盐场堡的花马池盐池游览完毕，心满意足地开车返回。

盐池英雄堡游记

2021 年 7 月 3 日

　　夕阳西下，我开车向英雄堡奔去。车子在原野间的沙路上飞驰，放眼窗外，心潮翻滚，兴奋莫名。夕阳下的英雄堡，是英雄堡最美的时候。

　　英雄堡位于盐池高沙窝镇，紧靠长城南侧。这里天地辽阔，无遮无拦，仿佛一眼就能望到天际，蔚蓝的天空上飘着一朵朵白云，青草在金黄的土地上泛着毛茸茸的绿光，长城在天地间无尽地蜿蜒，英雄堡在夕阳的照射下闪着紫红的光芒。

　　由于墙体淤沙严重，走起来十分吃力。本地旅游部门在沙地上铺了一层木板走道，以方便游客上去观赏。他们在堡内南边一个高高的沙包上新建了一座两层仿古亭，围栏和大柱远看像木结构，实际却是水泥铸造，刷了木色漆，有的已经开始剥落。

堡城内，南北墙较完整，西墙三分之二被一个大沙堆掩埋，东墙整个捂在沙土中，变成了一条沙丘。曾经的辉煌都交付了荒芜，除了残破的城墙和散落在沙土里的破砖烂瓦，再无历史的痕迹。顽强的野草和灌木，在这里顽强地生长，而新建的一座凉亭和一间小屋在荒堡里遥遥相望。

站在古堡宽阔的凉亭上，可以俯瞰四周，金色的夕阳将古堡、长城、沙漠、绿色的村庄映衬得异常美丽，让人的内心充盈着感动。孑然挺立的堡墙，虽几经风化侵蚀和人为破坏，已是千疮百孔，却初心不改，固守一方。

英雄堡原名永兴堡，喻永远兴旺之意，为明时屯兵之所，以操守官领之。永兴堡分两次筑成，西半城筑于嘉靖前，东半城为兵部尚书王琼于嘉靖十年（1531）至十四年（1535）筑深沟高垒时拓展。古时，平面呈曲尺形，东西长257米，南北宽133米，墙以黄土夯筑，基宽8米，高4~8米，顶宽2~4米，城四隅有角台，西墙正中

英雄堡遗址

辟门，门外设瓮城。现在城内中部和北部有建筑基址，地面有大量砖瓦和瓷器残片。西城墙外有水井。

关于永兴堡改名为英雄堡，有一种说法是，1943年陕甘宁边区军民于此地战胜马鸿逵部，新中国成立之后遂将永兴堡改为英雄堡。

英雄堡遗址

据史料记载，一个堡设操守官一名，操守兵235人镇守此地，同时与其他兵营互相接应，呈长龙之势。每个城堡辖区内，沿交通要道或长城线路每隔一定距离修一个烽火台，将边防前线与内地连接起来。宁夏东线长城由于地处特殊的平原、荒漠过渡地带，为防止游牧民族袭扰，必须建有连续的长城加以防御，并部署大量的将士加以守卫。因此，这里的长城在建筑上有别于其他地区长城的设置，其显著特点就是：一里三台，五里一铺，三十里一堡，六十里一城，英雄堡就是密集度堪高的城堡中的一个，向东30里是安定堡古城，向西30里是"兴武营古城"。

英雄堡四周，点点绿洲，安静和谐的村庄坐落在长城的两边，红砖碧瓦，树木葱郁，田野阡陌，牛羊成群，一派新农村的新气象。这不就是当年修建古堡和今天保护古堡的深刻含意吗？都是为了人民安居乐业，永远幸福地生活。

第13站

陶乐长堤长城游记

2021年3月11日

　　宁夏的明长城主线是由盐池、灵武一线蜿蜒而行，顺着宁夏北部地区地形以"几"字形状由南向北到今惠农区镇远关后，又沿贺兰山自北向南直达中卫。从笔画顺序上看，一撇即为西长城，一横为北长城，竖弯钩的竖就是陶乐长堤，弯钩为东长城。西长城、东长城、北长城都因遗迹较多，保存较好而容易寻找探访，唯有这一竖的陶乐长堤由于受黄河冲刷和农田开发的影响，大部分遗址已不复存在，神秘得很。

　　2020年年初，我把宁夏的西长城、东长城、北长城基本走完，开始了对陶乐长城的探访，从横城黄河大边的龙头开始向北沿河而上，按照专家的记述开始每个村每个土墩地寻找，遗憾的是沿途村庄乡镇的村民不知有长堤一说，更不知遗址何在。寻了一天，未见一碑一墩一墙体，乘兴而去，扫兴而归。"几"差了一竖，使人遗憾。

　　"几"字这一竖短缺，怎么能算宁夏长城全部走完呢？我重新上网查资料，询问区内喜欢长城的专家及摄影爱好者，根据他们的经验，哪怕是寻找到一个土墩，也要把这一"竖"填补上。不能叫这神秘的陶乐长堤只在文献和图书中出现。

　　这段在当时被称为长堤的城墙，南北纵贯陶乐县境，长约192里。

　　我与朋友驾车到达横城大边墙，向北沿滨河大道开始了探访之路。第一站驶向了黄沙古渡原生态旅游区——烽火台遗址，这个烽火台是高德地图上标注的。这个遗址在保护区内，应该被保护得较好，我们满怀信心地驶向那里。

　　三月初的黄河风景别样荒芜，远方的黄河像条碧绿的飘带划过阡陌纵横的河套平原，建筑和荒芜的沙漠交替呈现，树木稀少，沙丘光秃，靠河一边有各式各样的门面，门上的牌匾写着"××山庄""××庄园"等字样。山庄或庄园里的建筑物，有蒙古包，也有田园式的尖顶小房。较有特色的古堡模样的是"兵沟旅游区"。这里是夏天人们休闲娱乐的地方，这个季节冬天刚过，春天未到，所有景区均未开放，眼前的荒芜也在情理之中。

　　黄沙古渡景区位于横城以北三十多公里，当地人叫黄沙嘴，明代以后称为"黄沙古渡"。黄沙古渡顾名思义，一因此地居于黄沙嘴，二因黄河与沙湖并居于此而得名。对于"黄沙古渡"曾经的繁忙景象和奇特的自然景观，前人做过精彩描述："沙鸥翔集，苇花飞白，轻舟短棹，漂浮水面，人来人往，熙熙攘攘。"后又因朱栴巡边、康熙渡黄河、昭君出塞和亲而闻名中外。现在修建成大型旅游景区，吸引着中外游客的到来。

　　我以前来过这里，是在夏天的时候，游人如织。现在景区门前清冷，大门紧闭。恰有一位工作人员路过，我向他询问烽火台遗迹。他告知，这个烽火台是景区设置

陶乐长堤烽火台遗址

的一个景点，新修的，仿古风格，不过现在大门进不去，开园时间在3月25日。

第一站就以失望告终，只能向北继续搜寻，网上信息不可靠，只能询问专家朋友。宁夏长城专家赵实老师告知："多年前，大约2005年前后，我在月牙湖乡二道墩村见过，有一个墩子在田里，长城连着它，被改成小渠，高出地面，能看出端倪。"

前行约五公里到月牙湖村部，一位乡亲热情好客，带路到一渠边小桥，向北指向一栋居民楼说，楼后那里有个土墩，就是二道墩遗址。小桥边立有一块文保石碑：明长堤银川段。穿过楼房小区围墙和渠边杂乱的小道，一个高高的土墩坐落在田野之中。

土墩前有一块石碑，自治区保护文物：长堤（明）。另一块牌子是银川市兴庆区文化旅游体育局所立的文物安全责任公示牌。这就是我找到的陶乐长堤的第一个遗址——二道墩。第二次探访，我终于找到了一个遗迹，兴奋之情难以名状。墩台尚在，长堤不见，据赵实老师查证，旁边水渠就是长堤。据一位当地老者介绍，前些年由二道墩至头道墩，尚存夯土长城遗址。后来林场在此遗址上修了水渠，并取名"长城渠"。

望着残存的烽火台，我仿佛回到了金戈铁马的古战场。明代中期以来，河套渐次失守。宁夏镇由于毗邻河套，加之地形平缓，易攻难守，遂为虏冲，修边事宜成为"防虏至要"。河东沿线的长城防御也经过了三个阶段：烟墩、边墙、长堤。

1. 烟墩

正统元年（1436），宁夏总兵官史昭（钊）奏请在花马池筑立哨马营，并增设烟墩，一直连到哈剌兀速马营。这应该就是历史上著名的沿河十八墩。《弘治宁夏新志》中记载："黑水河，在府东九十里，河套内。源出边外，由暗门入境，西流入黄河。明一统志：'番名哈喇兀速河'。"

2. 沿河边墙

成化十五年（1479）十一月，宁夏巡抚贾俊役使一万人修筑了宁夏"沿河边墙"，以防止河套蒙古势力趁冬季河水结冰渡河进入宁夏镇等地。这道边墙位于宁夏横城以北黄河东岸，南与"河东墙"相连，向西过河与"旧北长城"相接，在宁夏北境构成了一个闭合的长城防线。这道边墙因沿线原有墩台十八座，又称"十八墩边墙"。后来防守官员觉得墩台稀疏，每两墩间又增筑一座墩台，墩台增至三十六座。

3. 陶乐长堤

明弘治以后，由于供饷不便，明朝逐渐放弃了对"旧北长城"及镇远关和黑山营的防守。嘉靖九年（1530），陕西三边总制王琼在平虏城北10里的地方新修了"北关门"墙，"旧北长城"被彻底放弃。

嘉靖十五年（1536），陕西三边总制刘天和想要恢复黄河以西、贺兰山以东、平虏城北至镇远关间70里的疆域，防止河套的游牧民族进入银川平原抢掠，便"修筑长堤一道，顺河直抵横城大边墙，以截虏自东过河以入宁夏之路"。这道长堤是河东边墙向北的延续，由于比河东边墙低矮，有如河堤，故而称作"长堤"。主要分布在宁夏原陶乐县境内，所以后世称为"陶乐长堤"。

这段长城从旧北长城的终点越河，自内蒙古自治区的巴音陶亥开始，南行过都思兔河进入陶乐境地，自陶乐境内沿黄河南下到达横城大边墙。这段长城修筑工程比较简单，加上紧靠河边，大多已被河水毁损，所留遗迹不多，有专家称现在高仁镇以南尚有遗迹可寻。

既然在"高仁镇以南尚有遗迹可寻"，观完二道墩"长城渠"后，我便直奔高仁镇政府，有一位本乡本土的镇干部介绍，长城由四道墩向南，过月牙湖，至三道墩。月牙湖以南已无迹可寻，月牙湖以北的长城遗址已被林场用推土机推平修了公路。这一带沙漠化十分严重。三道墩至二道墩段，已基本混同于沙，只有专家认真辨别尚可看出墙迹。我们自知不是专家，自然无法识得，这就是去年我寻了一遍未找到遗址的原因。

出了镇政府，时间尚早，既然宁夏境内再无长堤遗迹，为何不到长堤开始处巴音陶亥探访长堤的源头呢？况且巴音陶亥明时归宁夏镇管辖，不去那里就不是完整的长堤之行。和朋友商议后，我们向北前行58公里，直至宁夏回族自治区同内蒙古自治区交界处都思兔河，进入巴音陶亥镇东红村。

244国道穿村而过，和大多数村庄一样，找个问路的人很难，还好遇到一位老人，遂上前询问，才知道边墙在平田整地的过程中被夷为平地，只有国道的西边一个打仗的土墩还在。沿老人所指方向过去，在蓝天白云下，一个高大的烽火墩风化成两座连体的烽墩，耸立在路边的山梁上，十分壮观。

拾级而上，墩前立有两块文保碑，一块是汉文字的，一块是蒙古文字的。汉文碑正面写着：全国重点文物保护单位，东红烽火台（明）。国务院2006年公布，区政府2009年立。背面为东红烽火台简介。仔细阅读后得知，该台位于内蒙古乌海市巴音陶亥镇东红村，烽火台用红色黏土、沙石和木头修筑，现仅存红色土堆。

东红烽火台遗址

烽火台残高9.3米，顶部南北宽9.09米，东西长9.21米，底部南北宽18.6米，东西长22.4米。夯层厚为0.15~0.20米。南、东、北壁保存较好，顶部残损。西壁中间有一豁口宽1.52米。

据史料记载，嘉靖十五年（1536）明朝为防止游牧民族西渡黄河进入银川抢掠，在黄河东岸"修筑长堤一道"，后由于黄河改道，墙体遭严重破坏，现已模糊不清，只有高大的烽火台依然耸立。

如所有长城文保碑一样，内蒙古自治区政府划定了保护范围和控制地带，现场设置了网围栏、树立了文物保护标志。但东边一个砖窑取土时烽火台遭到破坏，现在已形成七八米的深沟，严重威胁到台体安全。围栏也只是象征性的，游人能随意爬到烽火台顶部。

站在烽火台下，环顾四周，这里应该就是宁夏明长城"几"字形闭合的横竖拐

陶乐黄河

点，是"陶乐长堤"的前沿哨所，西过黄河与"旧北长城"相接，向南到达横城与河东墙相连。它的防御态势阻止着东北方向入侵的敌人。我们难以想象当年烽火连天的边防场面，只能从古人的描述中感受这个拐点的重要性和战争的残酷。

此时登高西望，塞上江南风光及千里黄河奔流之景尽收眼底。沿黄河东岸南上，明长城向人们诉说着黄河古老的历史。一首《破阵子·游嘉峪关》，似乎更能表达我游览陶乐长堤后的感受："万里长城西起，边陲锁钥雄浑。悬壁纵伸山脉里，策马挥鞭第一墩。轻蹄重辙痕。 战鼓咚咚又击，呐声阵阵欣闻。天地静观奇布阵，铁马金戈气势存，沙场壮士魂。"

第14站

三五九旅长城窑洞游记

2018年12月16日

在盐池到定边的307国道上，明长城几乎与公路平行，当驶离盐池约十公里时，路边出现了一段奇特的长城景观。长城上被挖了许多个窑洞，远观似多孔的拱桥，十分壮观。窑洞前立着一个红旗造型的标牌，上面写着"三五九旅窑洞遗址"。

提起三五九旅，几乎尽人皆知。著名歌唱家郭兰英的一曲《南泥湾》让全国人

八路军三五九旅窑洞遗址

民认识了战功卓著、艰苦奋斗的三五九旅。"又战斗来又生产,三五九旅是模范",战功自不必多说,就说生产吧,把荒凉的南泥湾改造成了陕北的好江南。问题是南泥湾不在盐池定边,这里怎么出现了三五九旅驻扎的窑洞呢?规模还这么大。

下车探望,标牌后面有三五九旅窑洞遗址简介:

> 抗日战争时期,为了打破国民党对陕甘宁边区的经济封锁,中共中央和边区政府发动全体军民,开展了轰轰烈烈的大生产运动。1940年秋,八路军第一二零师第三五九旅四支队2000多名指战员,在司令员苏鳌和政委贺振新的率领下,奉命来到盐场堡(现隶属陕西省榆林市定边县)驻防打盐,生产自救。

当时条件极为艰苦,三五九旅部队自力更生,在花马池东北的明长城上修挖了175孔窑洞,割草铺地为床,垒土筑灶为炊,扎下营盘,拉开了边区大生产的序幕。三五九旅相继在花马池、苟池等盐湖群中共修筑盐坝子1094块,打井108眼,产盐40万驮(3万吨)。

盐是宝贵物资,生产出的盐由边区政府盐务局统一收购,再用盐换回国统区的

八路军三五九旅遗址

粮食、布匹、器械、药品等物资，粉碎了蒋介石的经济封锁。盐还是边区税收的主要来源，1943年边区总税收的41.3% 来自盐税。

盐业的发展改善了边区军民的生活，对调节物价，稳定金融作用重大。毛泽东曾指出，"定边盐池是陕甘宁经济中心"，是"中央第一财政"。

英雄的三五九旅不只是垦荒生产，还在长城脚下花马池打盐。这些窑洞，全部都是在明长城墙体上掏挖而成。可见当时物质条件匮乏。据说当三五九旅的战士们来到盐场堡后，发现没有住处，为了不打扰当地百姓的正常生活，基于当时的条件限制和人员较多，见惯了陕北土窑洞的战士们干脆就将这段长城当作土崖，在"土崖"上依靠自己的双手硬是掘出了 175 孔土窑洞。"割草铺地为床，垒土筑灶为炊，打窑洞为居。"

长城窑洞的盐湖对面，就是明长城上的定边古堡——盐场堡。古人很有智慧，在勘查长城选线时兼顾军事、交通、农牧业，使多方受益，"草茂之地筑于内，使虏绝牧，沙碛之地筑之以外，使虏不庐"。在这里，把花马池盐湖这么重要的战略资源圈在长城内加以保护利用。明成化十一年（1475），为了巩固始筑盐湖地区的军事防御，更是专门修筑了一座盐场堡。驻兵125名，马118匹，把总1员。

盐场堡西至花马池（盐池城）才10公里，不仅设堡，还驻扎这么多的兵马，就可以看出花马池盐湖的重要性。因为这里出的盐是边防重要的战略物资和经济来源，它自古至今都在为边防事业做着贡献。历史上的"纳马中盐"制度，既说明了花马池名字的来历，也阐明了盐对边防建设起到的作用。

明代定边为边陲营堡，蒙古骑兵不时侵扰。尤其是秋季草丰马肥之时，内地秋粮即将收获，为了抢掠粮食，蒙古骑兵的侵扰更是频繁。为此，明王朝除修筑边墙、广建城堡之外，每年秋季还会从内地临时征调大军戍边，名曰"防秋"。据史料记载，"防秋"军队的战马、粮饷都是由大、小盐池的食盐换得。

据《嘉庆定边县志·卷五田赋志盐法》记载，"明大小二池附灵州镇兵，岁给盐引十五万六千四百八十二引"，而往来的盐商在此地购买食盐时，须用提前买入的米、豆换购。另《明史·食货志》记载："正统三年，宁夏总兵官史昭以边军缺马，而延庆、平凉官吏军民多养马，乃奏请纳马中盐。上马一匹予盐百引，次马八十引。"

由此一来，戍边将士的军粮和战马问题便迎刃而解，这便是历史上著名的"纳米中盐""纳马中盐"。还有人说，正是因为大、小二池的盐换来了骏马，因此便得名"化马池"，此后又演化为"花马池"。

清代在盐场堡设盐课大使，加强对盐业生产的监管。但到了同治十二年（1873），陕甘总督左宗棠为筹措军饷，于定边设花（盐池县花马池）、定（定边县）盐厘局负责收税。1911年，花定盐厘局，后改为花马池产盐局、花定盐运署。因为盐定地区拥有食盐这种重要的白色资源，历代政权和边疆少数民族政权对这里都十分重视，争夺食盐的战争时有发生。

瞭望花马池盐湖，只见坝田毗连，渠道纵横，池水明澈，波光粼粼。盐场上的堆盐似皑皑白雪，阳光下泛着银光。最为奇特的是，花马池盐湖池水紫中透红，在蓝天的映照下，格外迷人。这里集明长城遗址、盐湖风光于一体，在蓝天的映照下，格外迷人。

打盐的窑洞，在西风凛冽中已被侵蚀，残缺不整，苍劲荒凉，不复往日的风姿。土黄色的墙体散发着古老而醇厚的气息，那排列着的一口口窑洞，似乎在诉说着峥嵘年代奋斗的艰难。近年来，定边县积极打造这块红色旅游基地，将一部分窑洞封闭加固，仅留了几个供游人参观。

（明）固原内边（下马关长城）

第1站

下马关古城游记

2018年10月26日

从吴忠驾车向南沿利红公路行至202省道，一路上穿过沟壑相连的旱塬群山，进入了一片开阔的平原，在距离吴忠114公里的地方有一个长城上的关口——下马关。初听地名，甚感好奇，名字从何而来？这是哪段长城？为什么在此设关？此关何年所建？关的规模多大？现在保存现状如何？一系列的问题涌入脑海，促使我这个长城爱好者急忙前往，一探究竟。

下马关古城

　　机缘巧合，我住进镇平原旅社后借到了一本《平远县志》。方知小小的下马关竟然是几代县城的治所。清同治十三年（1874）六月，清政府在下马关设立平远县，全称甘肃省直隶州平远县，县治在城内。1913年，改平远县为镇戎县，隶属于朔方道，县治仍在下马关城。1928年，改名镇戎县为豫旺县。这一年，县府迁至同心城，县治在下马关延续154年。

　　平远县首任知县陈日新为湖北蕲水人，他用诗写下了初到下马关时的情景："抱薄稽丁口，疲癃十七家。老鳏悲失妇，茕独哭无爷。补缀毡衣重，栖迟土穴斜。苍生如此困，徒愧俸钱赊。"反映了刚刚经过战争的创伤，下马关人口凋敝的惨状。

　　而我今天所看到的下马关镇，沿街的土房子变成了高楼大厦，民宅变成了砖瓦房、别墅，土路变成笔直的沥青公路，大街小巷全部变成了水泥路。集市上开来五彩缤纷的小汽车、公交车、电动车。超市一个又一个。街边商品物美价廉，人民安居乐业，脸上洋溢着幸福的笑容。

　　说起这本县志，老板说这是首任知县陈日新所写，有两个版本，一本保存在甘肃省博物馆，一本保存在台湾，都弥足珍贵。十几年前同心县官方曾组织力量专门整理，出版了1993年版标点注释的《平远县志》，依据的原件是甘肃省档案馆的版本。这本是1993年的版本，是内部资料。

　　有县志在手，我开启了对古城的游览。古城位于203省道（街）西侧，基本在镇内，从主街向西的一个巷子里就能看到城墙。徒步过去，墙体中间断开一个数米宽的缺口。查县志古城图，下马关古城为明代嘉靖九年（1530）王琼所筑，万历五年（1577）重修并甃以砖，城墙长570米，宽460米，高10米，基宽10米多，顶宽7.5米。古城辟南、北二门，明显这个东墙上不是城门，只是为方便出行被人为打开的缺口。

　　古城平面呈长方形，但多数墙体包砖已被拆毁。城墙夯层清晰，厚8~15米。登上城墙仔细观察，外砖层几乎没有了，变成土墙残立。墙高还有8~9米，顶部经风吹日晒、人为破坏，现在宽窄不一，宽处2~3米，窄处已不能行人。

　　南门瓮城尚存，方形，边长43.5米，包砖砌法为丁字形。南瓮城的北门洞上方刻有"重门御暴"四字，落款为"万历十年二月三日"。瓮城正东设门，门洞上方的砖墙内嵌有长方形石板，上面刻有"橐钥全秦"四字，右下落款为"万历九年二

下马关古城瓮城

月三日"。

　　北门的瓮城因水患而毁，致使清代平远县城的西北角突出，像一个乌龟头伸向苦水河畔，人们就把下马关古城称之为龟城。城门利用明代瓮城的门洞，面向西开，今已塌为八米宽的一个大缺口，城墙顶上两侧还修葺女墙，残高0.4~0.7米。城内城外全是民居，城外民居靠墙所建，有些墙被挖洞养羊。总体来看，墙体除没砖之外，保存基本完好，墙体陡直高大，气势不凡。

　　古城择苦水河边而建，古人筑城是有讲究的。《管子》说凡筑都城，其城址的选取不是在大山之侧，就是在大河之岸。城址的高低也要适中，既取水方便又不易遭水患，要充分利用天时地利。实际上，重要城址的选取都考虑了这些因素。从宁夏的重要城池看，固原古城处在六盘山下清水河畔的高地，古灵州城即依黄河而筑，宁夏镇城也是修筑在贺兰山下的黄河之滨。下马关古城也不例外，城沿苦水河东岸而建，形依金龟状，取"金龟探水"之意。

　　《平远县志》记载，因"西城悉没于溪"，光绪二年（1876），平庆泾固化道魏光焘"饬其部将吴提督禧德等新筑西面土城一道，周四里五分"，西城墙修筑向城内缩减，城池小了许多，原来周围是五里七分，现在周围是四里五分。城池虽然小了一些，但城内设置更为齐全，有炮台8座，雉堞702座，南北橹俱全，仍是一座雄伟的古城。

下马关古城瓮城

站在墙头向东瞭望，一道笔直的长城像一把利剑从古城插向老爷山。这段保存完好的三十里长城和下马关古城交相辉映，每隔五里仍能见到一个烽火墩燧，其名头道墩、二步墩、三步墩、四步墩、五步墩，在东部的老爷山顶上矗立着六步墩的烽燧。下马关古城就是这道长城上的重要城障。

翻开《嘉靖万历固原州志》，弘治十五年（1502）至嘉靖十六年（1537）明朝动用政府的力量，修筑了自西至东从甘肃响石沟至下马关过徐斌水海原打拉池到靖虏卫花儿岔（今甘肃靖远县城）止600余里的边墙，边墙自西至东横穿下马关平原，古城就是下马关这条南北通道上穿越长城的重要节点。因此，在下马关长城上设有"关门"，有足够的兵力驻防，以阻挡蒙古骑兵南下。因为这条长城属于固原镇管辖，古人称为"固原内边"。

清光绪五年（1879）《平远县志》钞本中下马关条如下："下马关，今之县治也，为明庆藩牧地。弘治十五年，秦竑总制三边始建固原州治，开帅府，辟城廓，增兵实塞，铲削下马关三里余里，随山设险，虏不敢犯。嘉靖五年，王宪为总制，战胜套人于花马池黑水苑，始筑下马关城，城内土外砖，周五里七分，高阔各三丈五尺。先设守备，兵寡力弱，不足防御。万历二十二年，题改参将，增募兵丁，仓场设墩塘十四座，密迩河套。每秋防总兵移师驻马焉，今为城守，由固原提标派守备一员、把总一员、外委二员驻防。"

有了"固原内边"这道长城，下马关的名字就有来历了，每年秋八月，草长马肥的季节，鞑靼、瓦剌部都会不断南下骚扰抢掠。固原镇总兵亦前往下马关"秋防"。起初，名"下马房"，只是长城的一处关口，长城边上还没有修筑城堡。由《万历固原州志》的记载可以看出，嘉靖以后下马关的名称在发生变化。由于关城的修筑，下马房已改名为"下马关堡"。"堡"是下马关长城边上修筑的城堡，实际上已经有下马关的称谓了。《平远县志》记载，下马关初名长城关，后以总制秋防必先下马于此，故易名下马关。自其改名后，盐池花马池处的长城关成为唯一以长城关命名的关口。

由于得天独厚的地理位置，下马关古城扼守在南北交通的要道上，不但成为古代边防重镇，也是现代战争的必争之地。

1936年6月，红军西征，攻克下马关，取得重大胜利。1949年，宁夏解放前夕，马鸿逵在垂危之中，还想妄图夺回下马关，曾调用两个骑兵团、四个步兵团，偷袭下马关，但被英勇的人民解放军打得丢盔弃甲，狼狈逃窜……

古老的下马关因这段红色历史焕发了青春，又因开国大将徐海东将军横刀立马于此而闻名，也因著名的国际友人埃德加·斯诺的《西行漫记》而进入史册，斯诺在下马关逗留数日，他的描述是："到达了预旺县城……居民约有四五百户，城墙用砖石砌成，颇为雄伟。城外有个清真寺，有自己的围墙，釉砖精美，丝毫无损。"

伫立在下马关古城墙上，在回望的瞬间，古代的、近代的历史浮现在脑海之中，《平远县志》上辑录有许多古诗文，记录着那个金戈铁马的岁月。"长城关外是呼韩，万马嘶风六月寒，传语虏儿休近塞，新来大将始登坛……"今日，这座饱经历史风雨的古城依然雄伟。

第2站

同心下马关长城六步墩游记

2019年7月18日

我与同心下马关长城"邂逅相遇，适我愿兮"。2018年，我被抽调市扶贫督导组后第一次下乡就是去下马关平远村，当车进入村部时，看到村部门口有个古堡遗址，工作之余与村主任攀谈得知是明长城上的一个烽火墩，名叫头道墩。

村主任介绍说下马关在历史上就是一座有名的军事重镇，从下马关古城向东，每隔五里就能见到一个烽火墩，当地的老百姓称之为头道墩、二步墩、三步墩、四步墩、五步墩，而在东部的老爷山顶上矗立着六步墩的烽燧，这段三十里长城和下马关古城交相辉映，成为下马关最重要的历史遗迹。

下马关在历史上是著名的军事重镇，据《朔方道志》记载，明代固原总兵官，每年秋季带兵巡视边防，必下马于此休息，故而得名下马关。村主任说这段长城六个墩遗迹尚存，特别是六步墩因在山上人烟稀少，所以保存完好，于是我暗下决心游览这段长城。

首先，我对这段长城烽火台的墩名很感兴趣，问村主任，一般长城上的烽火台按距离来命名的多，比如五里墩、十里墩，这段长城怎么是按步来命名的？头道墩好理解，下面的二步墩到六步墩的命名是什么讲究呢？我查了下字典，步是行走时两脚之间的距离。这长城上的墩与墩的距离是5里，怎么用步来表示呢？村主任说，下马关镇有个村名叫五里墩，可能为了区别吧，这段长城上的墩就按步来命名了。虽然这个解释有点牵强，但我查了好多资料没有找到更准确的解释，等遇到长城专家再请教吧。

到了星期天，约上两个好友别将就、花生米，租车开始游览这六个墩的长城，首先找到下马关古城，因为从《平远县志》上查到这段长城起始连接古城北城墙向东而行，下马关古城是一座因长城而存在的古城。明代人修筑长城，一般在交通干线之外必筑关城，以控扼交通。下马关古城就在长城沿线上，所以说古城是长城的一部分，长城又是古城的一个遗迹。

从杂乱的窄小巷子里穿行到古城墙下，我们望着残存的古城墙，现在古城轮廓尚存，城墙内部的夯土墙还在，残高约8米至10米，但坍塌严重，里外墙砖几乎全被人为拆散。古城几乎淹没在民居中，谈不上雄伟了。

由西向东镇子中长城遗迹难寻，走到镇外一里没有民居之处，才能看到一道约1米高的土脊梁沿着乡村公路并行向东而去。原来这就是长城，在长城边绿化带里立着一块黑色的石碑，介绍这段长城的历史。

> 同心境内明代长城属于"固原内边"的下马关长城段，明弘治十五年（1502）由总制尚书秦纮修筑，自徐斌水西至靖虏卫花儿岔。长六百余里。嘉靖九年（1530）王琼重修完善。该道长城东端从盐池麻黄山乡松记水村杏树湾自然村东南陕甘宁三省交界处进入宁夏境内。向西依次穿越盐池县、环县、同心县、海原县，进入甘肃省靖远县境。在同心县境内现存墙体长15公里。保护范围：墙体两侧各50米，城堡、烽火台、敌台四周各50米。建设控制地带：墙体、城堡烽火台、敌台保护范围外各100米。

一行三人阅完碑文，朋友别将就问道，什么是"固原内边"？我解释说，在游览每段古长城前咱们都要做功课的，了解了它的历史由来，你才能对它有更深刻的认识。明初，宁夏河东边防是在横城至花马池筑墙御敌，而花马池至固原之间则毫无阻挡，只要前线失守，敌方兵锋就直指固原，侵扰甘肃东部，对关中造成威胁。据《嘉靖万历固原州志》记载，河套之敌成化三年（1467）攻破开城，弘治十四年（1501）入寇平凉、凤翔、临洮、巩昌等地，皆由花马池一带拆墙南下，途经下马关

下马关长城二步墩步墩

到达固原。

　　所以，加强下马关一带的军事防御，已成为当时固原边防的当务之急。修筑下马关固原内边，一旦前方失守，则退入二线防御工程阻击敌人，以改变固原一带被动挨打的局面，变为主动出击。

　　现在的同心县与海原县，明代时大部属固原卫与靖虏卫管辖。据《九边考》记载，弘治十五年，总制尚书秦纮奏筑固原边墙，自徐斌水起，迤西至靖虏卫花儿岔，长六百余里，迤东至绕阳，长三百余里，即今固原以北内墙。所以这段长城被称为"固原内边"。

　　聊天之际，车已行至平原村部门口，头道墩呈现在我们面前，按惯例绕墩一周进行不同角度的拍摄，然后进城墩内观察。现在的头道墩，墩台坞墙周围用步量约30米，北墙已经倒塌，只剩墙体中间的高大烽火台墩，也残破、低矮了许多，约有6米。

下马关长城四步墩

从墩南侧依稀看出上台的台阶。西坞墙已经风化成一道薄墙，宽60~80厘米，高有4~5米。东坞墙比较厚实，宽1米多，东南角的垛还存在。高4~5米，从东侧还能看出当年的雄伟。南坞墙倒塌了一半。总之，整个墩台四角敞开，断壁残垣。

站在头道墩边墙长城上眺望，平展的大地一览无余，一排排整齐的移民房尽收眼底，这里有新建的村部、广场、希望小学，有幼儿园，有新建的市场，有农民剧场，村内有龙王庙，长城向东直线而去，可望到东边山上的老爷山。在精准扶贫工程的建设下，这里变成一个充满生气和活力的村庄，更加衬托出古长城的苍凉。

前行5里到了二步墩，这个地方属于陈儿庄村，长城穿村而过，村北是老村，村南是移民村。长城被挖掘成豁口，连接两村交通。陈儿庄村地盘较大，三步墩也在它的地盘上。刚到地头就碰到陈儿庄的村主任，他热情地给我们介绍起来。

二步墩建筑结构与头道墩一样，坞城内北墙建有高大的烽火台，现状是四边坞墙已经坍塌成斜坡，只有那个高大的烽火台比头道墩保存得好，高度竟有10米多。南坞墙原门处现在已成平地。最有特点的是坞城面积比头道墩大，约有70米。城南有一古井，现在还有清澈的井水可以饮羊。可见当年这个墩驻军规模和级别都比较高。

参观完二步墩后，村主任有事先行离开，得知我们要去三步墩时，一个年轻村干部自告奋勇要求领路。车在移民村中穿梭，一直开到村的东南角时无路可走，但已经能遥望几百米远处的荒地里那个孤单的墩台了。穿过刚犁过的松软的田地，走到长满野草的残墙土梁（不足1米）上，前方靠近沙漠的地头，三步墩台耸立在眼前。

三步墩周围坞墙几乎成平地，残迹步约见方40米。墩台残高6米左右，墩台墙面布满野蜂洞的痕迹，村干部介绍说政府已经加强了对长城的保护工作，墩台的损坏除了长年风化的原因外，野蜂筑巢也是一个主要的因素。三步墩至四步墩之间的边墙，倾圮得只存一条土脊，四周是刚开发的生田和草原。

徒步前往四步墩，路特别难走，翻梁下田，爬沟过坎。它的位置远离村庄，在荒漠草原上，所以保存较为完整。坞墙见方35米，门面南开，缺口宽5米。残墙内高4米，外临城壕高达7米。墩台坐落坞城正中。

五步墩位于老爷山根之下，修筑在边墙之南40余米的高阜上，将山头铲平筑于其上，南北坡度较缓，东西山势陡立，形势甚是险峻。坞城见方约60米，门向南开，坞墙多已塌毁，仅存一米左右的残迹。墩台位于坞城正中，最为高大，基宽见方12米，高18米，南面有登台的脚窝。

五步墩至六步墩之间的边墙，因修筑于山水沟南沿，已被山洪冲毁，几乎不存，只有在个别地方见到夯筑土层，方知是边墙所经之处。由于两墩之间沟壑纵横无路，路遇放羊的人说只能绕道先到老爷（庙）山下，再往回走，有条山路能到。当我们行到老爷庙的山下，那条路已经被洪水冲毁，只能步行前往。

六步墩修筑在老爷山顶部，由于人迹罕至，保存得最为完整，数十里之外即可看见。一路上山色青翠，草花满地，一改四步墩、五步墩的黄沙荒芜景色。此时已到下午5点左右，阳光正好，今年的雨水丰盛，草原是五颜六色的。湛蓝如洗的天空飘着朵朵白云，对应的是大地碧绿的原野。

下马关长城六步墩

又遇放羊人，羊群像一把珍珠撒在了绿色的绒毛毯上。深呼吸，幽香的草木味扑鼻而来，让人心旷神怡、如痴如醉。面对眼前如诗如画的现象，朋友花生米大声唱道："蓝蓝的天上白云飘，白云下面羊儿跑，挥动鞭儿响四方，百鸟儿齐飞翔……"

临近山顶，一座雄伟的城堡耸立在蓝天白云之下，四边墙基本完整，步约坞城东西长70多米，南北宽50多米，北去边墙百余米。城南边立有一块黑色石碑介绍这段长城。

堡门向西开，为一拱形小门洞，除门洞顶部的夯层塌落约50厘米以外，整个门面基本保持了原貌，这是目前保存最为完整的一座土筑小城门洞，门高1.9米，宽1.6米。

进入堡城，对面东墙有一高大的烽火台吸引了我们，墩台建在山脊最高处，坞城地面随山脊呈斜原石条状。墩台紧靠东边坞墙的中间修筑，墙坞墙内高3~5.5米，外高8.7米，顶宽1~2.5米，上有修葺顶，可登临其上。墩台底部以乱石铺垫1.5米高，然后黄土夯筑，基宽南北15.3米，东西13米，台高11米，墩台风貌蔚为壮观。

登临高高的墩台，面对下马关古城，"峥嵘赤云西，日脚下平地"。下马关平原一马平川，阡陌纵横，万亩翠绿，美丽富饶。山下五步墩、四步墩遥望可见，古长城像一条黄龙横卧在两山之间的平原上，将下马关平川一分为二。

这就是当年刀光剑影、烽火硝烟的古战场，从头道墩到六步墩的边墙记录着多少战士忠心赤胆的英雄华章！

附录

同心韦州朱王墓游记

> 北风吹沙天际吼，雪花纷纷大如手。青山顷刻头尽白，平地须臾盈尺
> 厚。胡马迎风向北嘶，越客对此情凄凄。寒凝毡帐貂裘薄，一色皑皑四望迷。
> 年少从军不为苦，长戟短刀气如虎。丈夫志在立功名，青海西头擒赞普。
>
> ——明　朱栴《贺兰大雪》节录

在朋友圈看到朋友晒在贺兰山的观雪照片，应景回应了明第十六王爷朱栴的诗《贺兰大雪》之后，情不自禁地回忆起去年在下马关扶贫工作之余，探访韦州明王陵"大明庆王朱栴"墓的经历。

那是2019年7月的一天，我和朋友别将就、花生米（网名）一组下乡检查工作，因早上进村入户比较多，到下午提前完成任务，离吃饭还有两个小时。别将就提议说："何老师，你常玩户外，还有点时间，这附近有没有名胜古迹之类的咱们走走？"我想了想说："这里除了古长城，离这不远的韦州有一处明王陵，听说朱元璋第十六个儿子明庆王的墓还在。我一直想去看看，却没有机会，这个墓离我们也就二十多公里。"

说走就走，三人租车直奔韦州庆王墓而去。路上，花生米问："明庆王，何许人也？"我理了理思绪，开始给他们介绍这位宁夏唯一一个明代藩王——庆靖王朱栴。

我了解庆靖王朱栴是从走长城开始的，特别是拍贺兰山长城雪景后，每当查阅相关历史资料时，经常看到他的诗词。如称赞塞上第一大山的（贺兰晴雪）"嵯峨高耸镇西陲，势压群山培嵝随。积雪日烘岩冗莹，晓云晴驻岫峰奇。乔松风偃

蟠龙曲，怪石冰消卧虎危。屹若金城天设险，雄藩万载壮邦畿"的诗句。他赞美贺兰山的雄伟壮观，特别是冬天山峰积雪，晴时青山银装，雪色明丽，崒峰森列，对这么壮观的景象都有独特的描述。

在我对这位王爷的文采钦佩之际，方知当时宁夏地处北方前哨，军事防御任务较重，朱元璋就派皇子朱栴以庆靖王的身份出镇宁夏，负责庆阳、宁夏、延安、绥德等地军务，肩负守边重任。所以，他在写景的同时，特别关注边防安全，在巡边时抒发他的壮志。就是开头的这首《贺兰大雪》，既描绘了大雪弥漫的边地气候和艰苦生活，又抒发了"丈夫志在立功名，青海西头擒赞普"的志向与豪情。

所以，走宁夏的明长城，朱栴这个历史人物是个绕不开的话题。

朱栴（1378—1438），号凝真，安徽凤阳人。明太祖朱元璋的第十六子，洪武二十四年(1391)封庆王，洪武二十六年（1393）就藩宁夏。谥号靖，故又称庆靖王。

据说，庆王天性英敏，学问博洽，长于诗文。他13岁被册封庆王，15岁离开京城南京来到西北，封地庆阳（今甘肃庆阳市庆城县），洪武二十六年（1393）"受命西来"。当年，又奉命"自庆阳徙居韦州"古城，"居之九年"。建文三年（1401），再奉命"移居宁夏"（今宁夏银川市），直到61岁在宁夏去世，葬于韦州。朱栴在宁夏生活的时间长达45年。在韦州古城和银川市建有富丽堂皇的园林式王府。

朱栴是历史上唯一亲自撰写地方志的亲王，著有宁夏第一部地方志著作《宁夏志》。作为宁夏著名的古代历史文化名人，他"好学有文""好古博雅，学问宏深，长于诗文和书法"，其创作的三十六首诗词是宁夏历史文化的珍品。朱栴是中国历史上一位比较有作为的才子王爷，在镇守边城的同时，对宁夏历史文化的发展做出了较大贡献。这就是我一直想去瞻仰一下这位才子王爷的原因。

20多公里路说到就到，车快进韦州城时，按导航向西驶向周新村，乡村道路现已全部硬化，路边玉米郁郁葱葱，配上蓝天白云，是一幅绝美的田野风光。走到一村，往西向罗山方向越来越荒芜，行到一沟边转弯处有一家人站在门口，停车一问，他们手指西边100多米的土堆说，那就是。

庆王墓孤零零地立于戈壁之中。戈壁上除了乱石还是乱石。此地位于大罗山

同心朱王墓遗址

东麓的平原之上，面积约三十多平方公里，向东几公里是农垦区，向西几公里是罗山草原和森林，只有这陵区是干旱地带。朱元璋的第十六子朱栴及其子孙们的陵园就选在这里，当地人称"明王陵"或"墓疙瘩"。据说历史上曾有72个"墓疙瘩"，但是到1984年，同心县文物普查时，只有34座了，目前保存较有形态的墓也就这个土堆了，并且全部被盗过。

墓地已被绿色铁丝网围了起来，北边还有一米多高的残留土墙。庆王墓的平面造型比较简单，整体为长方形，坐西朝东，背靠罗山，脚踏河流，是个风水宝地。往东遥望，应该是大明王朝的首府方向，这样一想风土人情都有了。一进院落，四周墓墙经历几百年的风雨坍塌成了缓坡，高度约半米。院内散落了大量的建筑残件，有琉璃瓦（蓝釉较多、绿釉较少）、灰瓦、板瓦、花砖、龙造型的筒瓦、花造型的滴水等，特别是蓝釉瓦熠熠生辉，在阳光的照耀下，像是散落在庆王墓中的蓝宝石。可以想见当年地上陵园建筑的宏伟。

墓地前有半块破碎的新碑，已无法辨认。墓东南侧有井，现在还供羊群饮水，可想见当年泉水溢流的样子。封土从中前部被挖开，可以直接下到墓室口，快到墓口时，突然蹿出一只野兔，吓得我冒出一身冷汗。曾经高贵的王爷住宅现在变成了兔子窝，这兔子顿时也高贵了许多。

墓门大部被土淹没，只有上部有个只容一人钻进的黑洞，走时仓促，我们都没带照明工具，就没敢贸然进入墓室内，只是趴下身子拿手机的手电筒照着伸头观察，里面既无"珍宝"，也无"壁画"。墓的深处会是什么样子呢？当时，被那个兔子一惊吓，我们没敢下去。

回来后我与同心县文化所的朋友谈起此墓。他介绍说，1967年，韦州周新庄村为了用砖，将村西南的一座墓拆毁。当宁夏博物馆闻讯派人赶到时，墓室内早已空空，只剩下"大明庆靖王圹志"一盒。墓志方形有盖，长60厘米，高30厘米。志盖正中阴文楷书竖镌"大明庆靖王墓"六个字，四周刻有云龙花纹，志文18行22个字，简要记述了朱㮵生平及"令德孝恭，乐善循理"等功德。

同心朱王墓遗址

墓室内用磨光的青灰色大条砖砌筑，白灰勾缝，十分精细严密，墓室门向东开（逝者头枕罗山，脚蹬青龙山），墓室分前后两进，后室两侧各有一配室。墓室全长约14米，宽约13米，高6米，券顶。墓门装有两扇石门，各室之间原本都装有门，墓室建筑非常宽敞。朋友说里面还有个盗洞，盗洞就在后室上方。盗墓贼非常专业，现在庆王朱栴的尸骨都不知去向，令人扼腕长叹。

我沿着墓墙走了一圈，算是对古物的致敬。庆靖王朱栴在宁夏历史上是颇有作为的，他对明代宁夏的政治、军事、经济、历史、文化等方面的发展，都有一定的贡献。

游览完古墓，朋友别将就要求到罗山一游，我介绍说，这山上有个寺庙叫云青寺，就位于罗山东麓。这庙选址绝佳，你从这墓地向西看整个罗山东麓，远看酷似一尊面东而坐的巨佛，而云青寺正好在巨佛的中心（山腰间），这种佛心怀古寺、古寺藏佛心的绝妙境界，使人们不难理解，明庆王朱栴为何要将整个庆王府及祖辈坟墓选于此地的良苦用心。更令人叫绝的是，在巨佛的两腿中间，至今还淙淙流淌着一泉甘甜清澈的泉水。每逢庙会，寺里香烟缭绕，钟声长鸣。风景更是绝佳。

朋友花生米听后叫道，快走快走，这庙一定要去。我说现在罗山景区管理严格，一般为了防火不准车辆进山，咱们只能碰碰运气了。果然上到半山腰时，被森林防火队大门堵住，三人只能远远观罗山，遗憾而归。

同心下马关红城水游记

2020年2月16日

红城水村是我在下马关工作时的最后一站，这个地方虽然鲜有人知晓，在我脑海里却像一个虽未见面却相知已久的老朋友了。

红城水风光

红军西征进入宁夏后，有一场著名战役"红城水反击战"发生在这里。1936年7月6日，红军75师一部在这里与国民党马鸿逵部进行了激战，战斗进行了一个上午，全歼敌军3个团兵力。关于红城水战斗，1936年7月13日的《红色中华报》这样报道："我军之一部在红城梁（水）击溃马全良全部（约3个团），敌伤亡300余人，我军缴获甚多，残敌一部退过黄河西岸，一直退守惠安堡。"（摘自《红军西征》）

《水经注》三水县载：东有温泉，温泉东有盐池。下马关镇红城水上垣村古城遗址，即汉三水县故城址（曾有文物出土）。在去年走"河东墙"长城盐池段时，查阅盐湖历史时，书载宁夏食盐由官方开采，最早的文字记载见于西汉。《汉书·地理志》中记载："三水，属国都尉治。有盐官，莽曰广延亭。"三水县就是西汉安定郡（治在今固原市）的属县，古址就是下马关镇红城水村。

美国著名记者埃德加·斯诺的《西行漫记》中对红城水的描述是："那是在韦州县的一个风景幽美的小镇，以盛产梨、苹果、葡萄的美丽果园著称，这些果园都是用灌溉渠里的晶莹泉水灌溉的。"在斯诺的眼中，这里山泉清澈，流水潺潺，松柏苍翠，果树连片，整个村庄就像是一个美丽的果园。

红城水村坐落在罗山南麓，位于下马关至韦州的中间地段，距下马关15公里。车行半小时即到。我们按照任务分配挨家入户调查脱贫情况。村子很大，有上垣和下垣两个自然村组成，我被分到下垣村。调查时我发现村内老人基本都有"大保"（当地人把城市低保称"大保"，农村低保称"小保"，"大保"和"小保"月发养老金相差10倍左右）。村民个个幸福感极强，每个老人脸上都洋溢着对现在美好生活的满足，每个人都说共产党好，政府好，现在的生活好。

当与村干部交流时，村干部自豪地介绍道，他们村基本全是水浇地，这在下马关乃至同心都是少有的，在得天独厚的自然条件下，村民的文化知识水平相对较高。前几年国家工程占用土地时有政策交钱办"大保"，他们几乎全交了，现在享受着每月近两千元的收入，早就达到"两不愁三保障"了。

说起家乡来，村干部滔滔不绝：我们这个地方，两汉时期是三水县。

三水县设盐官和马苑，其地势由大、小罗山环抱，泉水自流，水草丰盛，农耕游牧得天独厚，朝廷常犒赏百姓养马，以满足边地驻军对马匹的需要。

红城水红军庙

　　我问，现在这三个泉还在吗？村干部说，汉朝距今2000年了，当年水源充沛，地阔土沃，农牧并举的环境与现在的环境差别很大，三个泉虽已无迹象，但是我们的地下水还是很丰富的，我们村西依罗山，海拔高度1450~1550米，有丰富的地下水。即使现在虽无富泉天然灌田，但打井（机井）也能浇灌大部农田，特别是2008年从红寺堡干渠引水至红城水灌区，扬水灌溉和机井灌溉相结合，使红城水农田水利灌溉更有保障。

　　闲谈之中，调查入户的队员陆续回到村部，村主任叫人打开古堡大门，领我们参观红军西征陈列室。娘娘庙与村部几乎一墙之隔，庙前是新修的一个大广场。广场上古色古香的华灯与青松相伴，广场中心正对着一色青砖的古堡，古堡造型优美，敦厚坚实。堡门上方镶嵌着一方书有"娘娘庙"三个砖雕篆体大字的门匾，给青砖堡平添了几分神韵。

　　村主任主动给我们当起了讲解员：当年红军西征作战时，右路军七十三师在军团长徐海东的直接指挥下包围了豫旺县城下马关，占领了红城水。当时，娘娘庙一度成为红军许海东军团的前线指挥部。1936年8月29日，国际友人埃德加·斯诺从下马关骑马到这里参观访问，就住在娘娘庙里。走进堡门，开阔的院子中间竖立着一块石碑，上面写道：娘娘庙坐西向东，建筑为三硬山顶起脊瓦房，进深两间，西阔三间。原建筑在清代同治年间被烧毁，后又在清光绪十四年（1888）重修，庙内用泥草塑造琼霄、云霄、碧霄三位娘娘，她们形态各异，均打禅坐，手持笏板，以示吉祥如意。

1936年6月，中国工农红军西征时，红军在娘娘庙宣传党的方针政策和北上抗日的主张，至今娘娘庙内壁画旁仍写有革命标语。

院内一排排建筑物依次坐落在东、北、西三面的堡墙根下。在西北角，有一座飞檐翘顶、红柱彩壁的玉皇阁。与玉皇阁形成"丁"字形的西边的平房，是红军西

红城水红军庙

征时驻扎过的文物陈列室。尽管文物大都是复印件和复制品，但从村主任声情并茂的讲解中仍能感受到当地老百姓对红军的深情。

围绕红城水古城，红军战士在这里发生了许多英勇悲壮的故事。村主任悲痛地讲了一个红军团长在这里牺牲的故事。

彭仪隆是徐海东麾下的一名得力战将，长征路上攻城拔寨，屡立奇功。攻克盐池后驻守红城水，警戒韦州、惠安堡之敌。西征时红军政治部有规定，进入宁夏不准打回民土豪。总指挥部确定右路十五军团的后勤供应由赤安县委负责，左路红一

红城水娘娘庙

红城水红军庙

军团由环县委负责。

彭仪隆得悉罗山北坡还有好几个比较富庶的村庄。他决定带人去罗山北坡打土豪，减轻赤安县委负担。彭仪隆请了红城水村民陈全贵作向导，率领30多名战士前往罗山北坡。打土豪收获不小，有几百只羊，还有一些粮食，当即向红城水驻地返回。

不料，红军刚走，北坡被打的土豪告诉了驻扎韦州的敌军，敌人一听只是30多人的小分队，立即派出一个骑兵连加苏芳宾的反动民团共200多人，埋伏在罗山北坡至红城水的必经之路上甘沟。

赶了半天羊，走到上甘沟时大家都有些疲劳，彭仪隆下令稍做休息后继续赶路。突然，敌人居高临下从四面发起攻击，彭仪隆立即组织反击，抢占上甘沟土地庙为据点，激战两个多小时，终因敌众我寡，弹药打尽，除突围报信的1人生还外，彭仪隆等34名红军牺牲了，农民向导陈全贵也遇难了。

参观学习是短暂的，但教育成果是永恒的。缅怀革命先辈，铭记历史，不忘初心，深感今天幸福的生活来之不易。从展室出来后，村主任带领我们登上堡墙走道，环绕一圈观赏红城水村风貌。盛夏季节，葵花朵朵向阳，倾情绽放。红城水村的房舍星罗棋布，点缀在黄色的花海之中，有如人间仙境，构成一幅绝妙的图画。

这次红城水之行，让我们在工作之余不仅了解了古城的历史，观赏别具一格的田园风光，还接受了革命传统教育。红城水，犹如它的名字，红色、古城、泉水，将会吸引更多的游客来这里。

战国秦长城

西吉战国秦长城游记

2019年4月6日

　　战国秦长城在固原，离吴忠约260多公里，一天是回不来的。清明节有三天假期，正好去探访秦长城。

　　战国秦长城在固原地区境内经过西吉、固原、彭阳3个县区，全长约174公里，是公元前306年至公元前251年秦国灭义渠戎后，为防御义渠戎残余势力骚扰而筑。

　　既然秦长城首先进入西吉县，第一站先到西吉。马莲乡位于宁夏西吉县城东南部，东与固原市原州区接壤。马莲明清时称马莲川堡。战国秦长城自西向东贯穿乡境（今遗址尚存）。

　　从吴忠到西吉马莲乡300公里，高速公路还未修通，我算了下时间，三天假期有点紧张，于是提前半天前往，计划走完固原秦长城经过的一区两县。

　　4月5日下午出发，晚上住固原六盘山宾馆。早起沿固将路约2小时到乡镇，比想象中繁华许多，一问得知这个乡有20000多人。问起长城，一位老者热情领路，到一个村头，指着一个平地说就在那有个台子，现在被盖房子的人挖没了，让人有些失望。我问，村里和田野里再没了？老者答，前几年还有些，这段长城从村里穿过，盖房和种田时全平掉了，位置就是这里。

　　遗址没了，我问老者，那你知道长城的历史吗？老者说，我们不太了解历史，只知道一些传说。我说，那你讲讲。老者说，这段长城与一个女人有关。我说，是人们熟知的孟姜女吗？老者说，不是，孟姜女那是哭长城，我说的是建长城。

西吉马莲河

老者继续说道，战国时秦国有个太后姓宣，秦为了征服义渠的戎族，宣太后拉拢义渠王，请他在甘泉宫长期居住，还与他生了两个儿子，这样一来戎王就放松了警惕。

后来宣太后在她大约60岁的时候，杀死了义渠王，秦趁机消灭了义渠。为了防止义渠戎族其他分支部族报复，秦就派人在陇西（今天水）、北地（今固原）、上郡（今陕北）筑长城以拒胡。所以说这段长城的修建，与这个女人有关。

我说你老人家懂得还挺多的，这不是传说，这是历史。《史记·匈奴列传》记载：秦昭王时，义渠王和宣太后乱而杀义渠戎王于甘泉，遂起兵伐义渠，于是秦有陇西、北地、上郡，筑长城以拒胡。公元前306~351年之间，秦昭襄王灭了义渠戎国，占领六盘山地区，征调国内大量的老百姓到六盘山地区以北修筑长城。

这段历史被蒋胜男写成小说《芈月传》，又由著名导演郑晓龙执导，孙俪、刘涛等领衔主演的古装剧热播，当村里的小姑娘小媳妇都追宫廷剧乐此不疲的时候，知不知道这个故事就是我们本地的历史呢？

正在交流之时，一个妇女凑过来说，我也知道一个长城的故事，小时听奶奶讲过《孟姜女哭长城》。我说，此地长城文化人人皆知啊，那你说说。她说，古时候有个女子叫孟姜女，她男人被拉去修长城了。古时的冬天比现在冷多了，她怕男人冻坏了，就去给男人送棉衣，她走了老远老远的路，来到固原时都快累断气了，可她怎么也找不到她男人。后来修长城的人看她可怜，就对她说，你男人死了，被埋在了长城底下。你别看孟姜女快累断气了，听到自己男人死了，她便放声大哭，那声音就像打雷一样大，长城都被震倒了，她男人的尸体就从长城底下露了出来。

《孟姜女哭长城》是我国四大民间爱情传说之一，流传广泛。这个古朴的故事原来是固原版的《孟姜女哭长城》啊。

妇女讲完后，指着一个小山庙说，听老人说那个庙后的土墙过去就是长城。我们过去仔细观察，顶头一个大土墩像敌台，后面连着有100米的一段土墙，墙体呈东西走向，北面下部有壕沟原始土层，在原始土层上面有夯土层的迹象。应该是一段旧城。旁边是座关帝庙，我们走过的长城边堡内，发现了许多明朝时建的关帝庙，据说明太祖朱元璋曾多次下令为关公建庙，所以在偏远的明长城边堡内，每一个边堡都有关帝庙。这段土墙如果不是秦长城，也应该是明时的一个古堡遗址。

西吉将台镇长城遗址

西吉单家集

考察之后，我进入乡政府问一老者，老者说往前走有个村叫赵家磨，记忆中那里有段长城，查了长城走向，却是穿过赵家磨村，按老者指的方向开往赵家磨后，却未见长城遗址。问一老乡，说前年还在，现在也是盖房子给拆了。他说，小时候自己经常在上面玩，四周是夯土，中间是虚土，土墩有房顶那么高。

看长城走势，是沿着马莲河岸修建，这片又是平川，现在全是村庄农田，人口密度很大，时间过去了2300多年，保留下来的战国秦长城遗址少之又少。

书上说将台镇也有秦长城遗址，我们到将台镇询问，在镇南约1公里处还真有长城遗址，西吉政府采取了保护措施，用蓝铁皮围了起来，不能进入。我绕行找到一围栏低处，用相机抓拍了几张，墙体坍塌得不成样子了。但有黑色石碑标明是秦长城遗址。

西吉境内这段战国秦长城，由今甘肃静宁县进入，由南向北沿葫芦河东岸经黄家岔、玉桥、张结子、好水川、单民、兴隆、谢家东坡、王家湾、韩家堡至将台，在将台以九十度的角度转折向东，顺马莲河河谷至马莲水库出西吉进入固原。加上原州区，彭阳境内长城共400多里，可想当时秦国在人口稀少、国力不足，加上处于四面楚歌的境地，修筑这样一条宏大的工程所耗用的财力、物力、人力巨大。

特别是人口的缺乏，给秦国修长城带来了很大的困难。没有大量的精壮劳动力，要完成这一远在边关的、强度极大的劳动工程，显然是不可能的。因此，秦国势必要在国内强征民众，去完成抗御外敌的重要举措。

被强行征调来的民众，远离妻儿老小，在十分荒凉的异地，极不愿意地干着极其劳累、单调的苦役，心情自然是痛苦和悲伤的，这时的他们不免心中产生忧愁与愤慨，创作了大量的口头文学来消除苦闷与劳动的困乏，或编创一些针砭周王室苦役天下百姓的歌谣俚语。"孟姜女，杞梁妻，一去烟山更不归。造得寒衣无人送，不免自家送征衣。"便是苦役人民的真实写照。

红军长征的红色文化是固原长城不可缺少的重要部分。据记载：1935年10月5日清晨，红军从界石铺出发，行程60里，到达宁夏西吉县境的公易，下午过葫芦河，跨越一道南北走向的古长城，进入单家集。

我们驱车前往单家集，追寻红色记忆。单家集的镇子中间有一个小广场，广场中间立着一块碑。当地人介绍说，1993年，单家集的百姓们决定集资建碑纪念毛泽东。在毛泽东诞辰一百周年之际，这块石碑竖了起来，现在成了单家集的标志性建筑。

广场西南角有一座清真寺，名叫"陕义堂"，门前有石碑介绍红色清真寺的来历。走进肃穆典雅的寺院内，正面是礼拜大殿，右边是几间土坯房，现在已经修整一新。

1935年10月6日早晨，红军部队从单家集出发，沿着东西走向的古长城行军，几次跨越长城隘口，当晚到达固原张易堡一带宿营。

六盘山是纵贯宁夏固原、隆德、泾源三县的一座大山，雄跨甘肃、宁夏，最高峰海拔3100多米。山势陡险，峰峦重叠，西（安）兰（州）公路曲曲折折盘旋其上，宛如一条白练舞在千山万壑之间。这座南北走向的高山是红军到达陕北革命根据地的必经之路，也是红军长征途中翻越的最后一座高山。

深秋时节的六盘山，蓝天澄澈，秋风猎猎，漫山遍野层林尽染。毛泽东感慨万千，诗兴勃发，一首《清平乐·六盘山》就在这极目远眺中吟成。由此可以看出，"长城"特指固原市境内的秦长城。

固原战国秦长城游记

2019年4月7日

  秦长城在固原境内总长120公里，多半修筑在山峦北坡，依山就险，因坡就势。东西横贯西吉、固原、彭阳三县。原州区的秦长城是其中的一段，从西吉马莲乡进入原州区境内，经过张易、中河、官厅、河川四个乡镇，最后进入彭阳县，长约70公里。走完西吉、彭阳的秦长城后，最后一站到了固原原州区。

  原州区是我再熟悉不过的地方，可以说是我的第二故乡，1981年学校毕业后我被分配到这里一个兵工企业，一干就是八年，把青春献给了这里。这里的山山水水说不上是了如指掌，也能知道具体在哪儿。当年我虽然没有注意过长城，但也知道

固原秦长城烽火台

城北明家庄梁上有一段古长城。

当年不是古长城不出名，而是明家庄梁的坡太陡，冬天下雪后，汽车上不去，长途班车停运，影响我们回家过年。从这就能看出秦长城的地势险要。后来随着国家经济的发展，这个坡被逐年填平，现在已是宽路坦途，没有陡险的感觉了。但秦长城还在山梁上静静地卧着，等待我这个故人38年后重新来瞻仰。

原州区秦长城到明家庄西北，便分为两道，形成"内城"和"外城"。内城从明家庄过公路，便爬上固原城西北5公里的一道小丘陵上，经郭庄、十里铺过清水河后至沙窝。外城更向西北形成一个不规则的弓背状，经乔洼过清水河，过河后再折向东南至沙窝与内城合二为一。

当年的县城离明家庄梁约有十来里距离，现在城市发展太快，新城已经建到了明家庄梁的下面，经缓坡上来，公路劈山直过，翻梁下坡一百公尺左右，一段古长城遗址就横亘眼前。原来的土墙豁口现在已被青砖包砌成两个长城烽台，烽台后还是原始长城遗迹。

站在烽火台上，公路以西，长城依山跨沟，直插中河公社，消失在中河、硝河的峰峦叠嶂中；路东，长城顺明家庄梁山势，直端端地在波峰浪谷中起伏延伸，越过北十里、沈家河，进入固原东山。

蜿蜒的秦长城展现在我们的面前，现在本地政府已经把它保护了起来，一是立碑介绍，二是用铁丝网圈住不让人和动物上去。沿着长城下面行走，它的上面除了稀疏的小草，什么也没有。看着面前起伏的秦长城，它有八九米宽，有的地方只有两米高，有的地方竟高达10米，像一条黄龙，匍匐在地面上，尾部一直伸向远方。

然而，不管长城延伸得如何久远和遥远，也逃避不了岁月和人为的侵蚀，注定要接受被毁坏的命运，在沿线行走的过程中，已有几处城墙被麦地和公路"切"开了一个个缺口。

现在长城内外已变成良田，在辽阔的田地之中，秦长城就像是一道笔直的田埂，这道田埂在这里隆起数千年之久，硝烟已远，生灵不泯，生命始终抓紧黄沙中褪失的土分，苍凉大地永远保持着缓慢的沉重的绿色的呼吸！

仔细观察长城，靠山是隆出地面七八尺以上的缓坡，背山一面，由于下坡山势影响，显得较为陡峭，高二丈左右。墙基厚度由七八尺到二丈左右不等，顶部厚二三尺至丈余，上面早已寻不到雉堞、女墙的痕迹。但是，只要走到村民取土形成的断面上，就能不费力地从上而下看到一层一层均匀的土层；要是从一个断面上拂除浮土，细细寻找，也不难看出夯窝的痕印。这时，你再放眼远望，不用人指点，也能清清楚楚地分开，哪里是城墙，哪里是望楼，哪里是城墙的外壕。进而感到，这段古城遗址依旧留有秦长城当年的雄姿。

春秋战国时期的固原长城主要是军事屏障，后来就成了两个民族文化的分界线。在当时，由于长城的兴建，构成一条天然屏障，增强了防御力，使边境地区的生产发展获得较为安定的环境。固原东南部地区，从那时以后，畜牧业就逐步发达起来了。

修筑了长城，自然要设置守护长城的部队和地方政府，这样秦长城边上一个赫赫有名的古城诞生了，它就是固原城。为什么要在固原设立古城呢？这与固原的战

固原秦长城

略位置有关。

　　固原是关中通往塞外的要道，古人称它"据八郡之肩背，绾三镇之要膂（音同旅）"。就今天而言，固原位于宁夏的南部，地处西安、兰州、银川所构成的三角地带，成为西海固历史、文化的凝聚地以及政治、经济发展的中心。

　　史书中对固原的地理位置有这样的描述："左控五原，右带兰会，黄流绕北，崆峒阻南。"形象地说明了其地理、资源的重要、丰富以及作用；而"回中道路险，萧关烽堠多"的描述，更说明了这里自古以来就是关中通往塞外西域的咽喉要道上的关隘和军事重镇，同时，在经济上，这里也是古代丝绸之路东段北道上的重要汇聚地。

固原古城游记

2019年4月7日

如果你想要深入了解一座城市的历史底蕴、文化传承，最好的地方就是博物馆。文化是一座城市活的灵魂，而博物馆就是文化的承载平台。

宁夏固原博物馆是一座以收藏历史文物为主的综合性省级博物馆，占地面积近4万平方米，建筑面积1万多平方米。馆藏文物近2万件，其中国家一级文物123件（组），国宝级文物3件，即鎏金银壶、玻璃碗、漆棺画。

进入固原博物馆后，我便给大哥讲起了我与镇馆之宝鎏金银壶的故事。那是

固原博物馆

1983年的秋天，考古学家们在调查中发现了位于固原南郊的一座带有壁画的大型贵族墓。这里出土了极为丰富的历史文物，在这些历史文物中，鎏金银壶可谓珍品中的珍品，极为珍贵。鎏金银壶是波斯萨珊王朝的一件金属手工艺品，距今已有1500年的历史，其精湛的手工艺技术具有典型的波斯萨珊王朝风格。

当年我在此地兵工厂的工作是表面处理技术员，博物馆的工作人员找到我们，说鎏金银壶原件要交上级部门，而博物馆内要收藏一个复制品，需要我们帮助解决复制鎏金银壶表面鎏金的工艺问题。因此，我有幸近距离地观赏了这件价值连城的珍宝。

当工作人员从保险柜中拿出它时，我立刻就被它精美的工艺、精巧的造型、精致的图案所吸引。它是由鸭嘴形的流、细长的颈、上立胡人之弧形的把、玉壶春瓶似的腹和喇叭形的座结合而成的稳健、奇特的造型。再看如珍珠般凸起的三周连珠纹所体现出的富丽堂皇的装饰，最后的视线定格在腹部的三组人物图案上，甚至忽略了银壶表面金色的光芒。而这鎏金银壶表面经千年还闪耀金色的光芒正是我们要研究复制的古老表面处理的工艺。

传统的鎏金方法称作火镀，是将薄金片剪碎在坩埚中烧红，然后加入汞熔合为"金汞齐"，涂布在鎏金之处，经炭火烘烤使汞蒸发，则金鎏在器体之上，这种方法既污染环境又容易使人中毒，故不再采用，而是用现代电镀镀金的方法取而代之。我们车间镀银、镀铬、镀铜等二十多种电镀工艺都有，就是没有镀金工艺，为一个壶上一套设备成本太高，再加工作任务繁重，这项工作还是交由其他工厂去做了。可鎏金银壶在我脑海中留下的印象至今都十分深刻。

当随讲解员进入固原博物馆复原的清代固原城模型，这座著名的古城便一目了然地呈现在我们的面前。这座规模宏大的砖包城雄踞原州，享誉北方，成为明清以来西北地区的名城。讲解员说，固原城的"砖包城"，距今已有1300多年的历史，其构造奇特，有内城和外城之分，其构造为"回"字形，在历史上甚为罕见，外城一律用青砖所包，故称"砖包城"，成为古代北方规模宏大、屈指可数的砖城之一。

为何起名叫固原？讲解员道，固原这一名称始于明景泰三年（1452）。为何称固原，有三种说法。其一说是固原唐末陷于吐蕃后，原州先后侨治于甘肃的平凉、镇原，而固原这个地方就被称为"故原州"，讳"故"改"固"，因名固原；其二说是"北魏以此置原州，以其地险固囚名"。其三说是早在《诗经》中就把固原称为大原，固原有固我中原的意思。因为关中四塞之一的萧关在固原，这里是通向关中和中原的门户，守住了此地，就巩固了中原。

20世纪60年代古城还在，但令人遗憾的是在20世纪70年代开展"深挖洞，广积粮，不称霸"备战备荒运动中，拆掉城砖建了防空洞，古城墙在备战中被拆除殆尽，在人防工程建设中，全面拆除了原州古城墙砖。现在内城墙保存较完整的仅有西湖公园内长约500米的部分。外城墙现保存较完整的有"和平门"和"靖朔门"1000多米的一段城墙。

固原古城

出了固原博物馆，对面就是西湖公园的广场，广场东侧湖水边便是内城城墙遗址了。走到城墙下的小道，两边的垂柳成荫，幽静雅致。我突然想到《诗经·小雅·六月》中的"薄伐玁狁，至于大原"之句，据考证就是指周朝与玁狁之争，"玁狁"即匈奴人的祖先，而"大原"有一种说法指的就是固原。

今天的固原城满街的垂柳，为固原这座苍茫旷野中的城市焕发着无限的生机。上古的诗歌篇章，为抚今悼昔提供了美好的佐证和充分的想象。史与诗，正是人们对一座亘古流传的城市最好的缅怀与探究的方式。

拾级而上到城墙，虽然用现代青砖重新维修包装，城墙也只有百十来米，在现代城市的高楼大厦的夹缝中生存着，在城墙东南角上，有一八角砖塔。是1944年国民党陆军中将高桂滋驻防固原时修建。该建筑为实心砖砌塔，建在固原古城墙内城遗址上。2013年，固原文物管理部门对塔进行了维修。城墙拐角处耸立着高高的八角砖塔，顺着城墙向南望去，古城的雄风犹在。

固原内城建于公元前114年，汉武帝为加强西北边地军事防御，在此设置安定郡，并修建了城池艰深的高平城。38年前，这里只有残留的部分内城土城，没人知道这是古老的内城城墙，所以它的珍贵的文物价值很容易让人忽略。年轻人往往觉得在西湖公园的假山上行走十分浪漫，但很少会将它与古城内城墙的西南角联系在一起，只觉得小西湖公园的名字比较洋气。

据《宣统新修固原直隶州志》记载："内城周围九里三分，高三丈五尺，垛口一千四十六座，炮台十八座；外城周围一十三里七分，高三丈六尺，垛口一千五百七十三座，炮台三十一座。"现在只剩这百米有余的城墙在这高楼大厦的夹缝中诉说着历史的变迁。

从内城下来，驱车到外城遗址。首先到了"靖朔门"，这是外城"砖包城"的西北角部分，新中国成立以后一直以固原监狱外墙的身份存在，因为有岗哨的严格管护，保存最为完好。城门威武雄壮，原来监狱的地方现在已成公园绿地，但城墙上的岗楼还在。

原来监狱部分保存下了"砖墙"，南边过去土垒的旧城墙，已被历年演变的民居截成一段一段。居民在旧城墙里挖了窑洞，房子从窑洞口延伸出来，外面再盖上

一个院落居住。现在这些院落已经被政府全部收回，正在修复。城墙外全部有蓝铁皮围栏，围栏里有工人正在施工，我询问了一下修复方法，采用的是内部支撑、填土封闭以旧修旧的方法。

往东缓行，也是城墙修复的工地，往前走不远，一个高大的城门出现在眼前，仔细一看是"和平门"。我心中纳闷起来，刚从博物馆里看到外城有四个城门，南门"镇秦"、北门"靖朔"、东门"安边"、西门"威远"。刚刚游览过仅存的"靖朔门"，怎么北城墙又出现一个"和平门"呢？

我向公园锻炼的一位老者请教，才知"和平门"是后来人为了复古怀旧而连接起来的砖包城墙。现在固原外城完整保存着大约150米的砖包城墙，加上连接"和平门"的一段青砖残失的墙体，总长度大约有400米。这一段墙体还可以窥斑见豹地一睹古固原城的巍峨与风姿。

我顺着残留的泥筑城墙一路缓慢前行，探访旧城墙的过程仍是惊喜中夹杂着失落与遗憾的。今天的固原城区已经远远超出了古城的外城，密密匝匝的房屋在城墙两侧绵延起伏，不时有气派的现代建筑拔地而起，旧城墙就像是屋顶上方或者夹缝中的通道，显眼而又孤独。

据记载，固原古城池是西北最杰出的军事建筑之一，被历代封建王朝认定为"成就霸业之地"，因而也有"天下第一城"之美誉。明代中叶，固原古城池周长9.3里，城池址厚3.8丈，顶厚2.2丈，外修垫壕宽、厚、深各2丈。固原砖包城于20世纪70年代被毁。

从老城出来，在固原城的老城和新区之间，出现了一座景色秀美的山岭，我工作的那时候，四周全是荒山野岭，寸草不生，也没注意到有这个山岭。现在被绿化后建设成城中一道亮丽的风景，当地人说叫古雁岭。

相传辽宋时期，辽人围着城池攻打了几天几夜，城中弹尽粮绝，眼看就要被攻下。这时，城墙上的大旗被敌军射落了，这使城中守军士气大打折扣，辽军也伺机大举进攻。此时，从北边天空突然飞来一只大雁，将断旗叼起，放置城头。城内守军见此情景，军心大振，城外敌将以为这是天意，便撤兵了。从此，这个城池就叫作"古雁"城，也就是现在的固原城。

萧关游记

2019年6月6日

开斋节放假，我和大哥终于能抽出时间去他向往已久的萧关遗址。为什么说他向往已久呢？大哥爱好唐诗宋词，特别喜爱王维的《使至塞上》后两联："大漠孤烟直，长河落日圆。萧关逢候骑，都护在燕然。"这些诗句在他脑海里留下了深刻印象，促使他"躬亲践行"，以觅萧关而乐呼！

萧关

我们今年四月清明节假期来固原走秦长城的时计划里原本有萧关之行，但从西吉、原州、彭阳长城走完后已没时间了，只好返回上班，就这样与萧关失之交臂。一直心有不甘地惦记着，一来实现大哥去萧关的梦想，二来也是给走固原战国秦长城画上一个圆满的句号。

提起萧关，大家可能并不十分了解。它是秦汉时期汉中的四塞之一。关中平原四面环山，因保卫关中的军事需要，设置了东、南、西、北四关。南边和西边的山势险峻，行路难，置一关隘，有万夫莫开之效。关中东边有华山和黄河天险，紧锁通往中原的咽喉要道，就有了潼关。过了潼关不远，是一条狭长山谷，也是唯一的快捷通道，因此设置了函谷关。

唯有关中的北边，地势比较复杂。正北偏东大山横亘，屏障天然，中间是陇东高原，山塬居多。西边六盘山区河谷纵深，沟壑林立。这样复杂的地形在军事防御上也困难重重。所以，萧关的设置地点也随着军事防御的需要而三移其址。

秦时关中西北方向的威胁主要来自陇西高原上的游牧民族。萧关就设在环县境内的秦长城与萧关故道的交会点上，据《庆阳府志》记载："萧关在城西北二里。"自战国、秦汉以来，萧关故道一直是关中与北方的军事、经济、文化交流的主要通道。

战国秦长城由西而东，横跨环江，越过萧关故道，沿河设塞，筑城建关，建在此交叉点上的萧关，既是在长城上建的关口，也是长城史上最早的关口之一。

萧关地处环江东岸开阔的台地上，是关中的北大门。出关至宁夏、内蒙古、河西等地；入关经环江、马莲河、泾河直抵关中，战略位置极为重要。秦始皇曾取道陇西越六盘过萧关首巡天下。汉朝和隋唐时期关中西北方向主要有来自匈奴、突厥、吐蕃的威胁。萧关位置移于今宁夏固原东南，据说是汉武帝所定，一直延续到宋。

六盘山山脉横亘于关中西北，为其西北屏障。自陇上进入关中的通道主要是渭河、泾河等河流穿切成的河谷低地。渭河方向山势较险峻，而泾河方向较为平坦。萧关在六盘山山口依险而立，扼守自泾河方向进入关中的通道。汉武帝六度过萧关巡边地察疆域祭山拜岳。

唐初，吐蕃占领了河西走廊，"丝绸之路"南道被阻断，于是经灵州往西域成

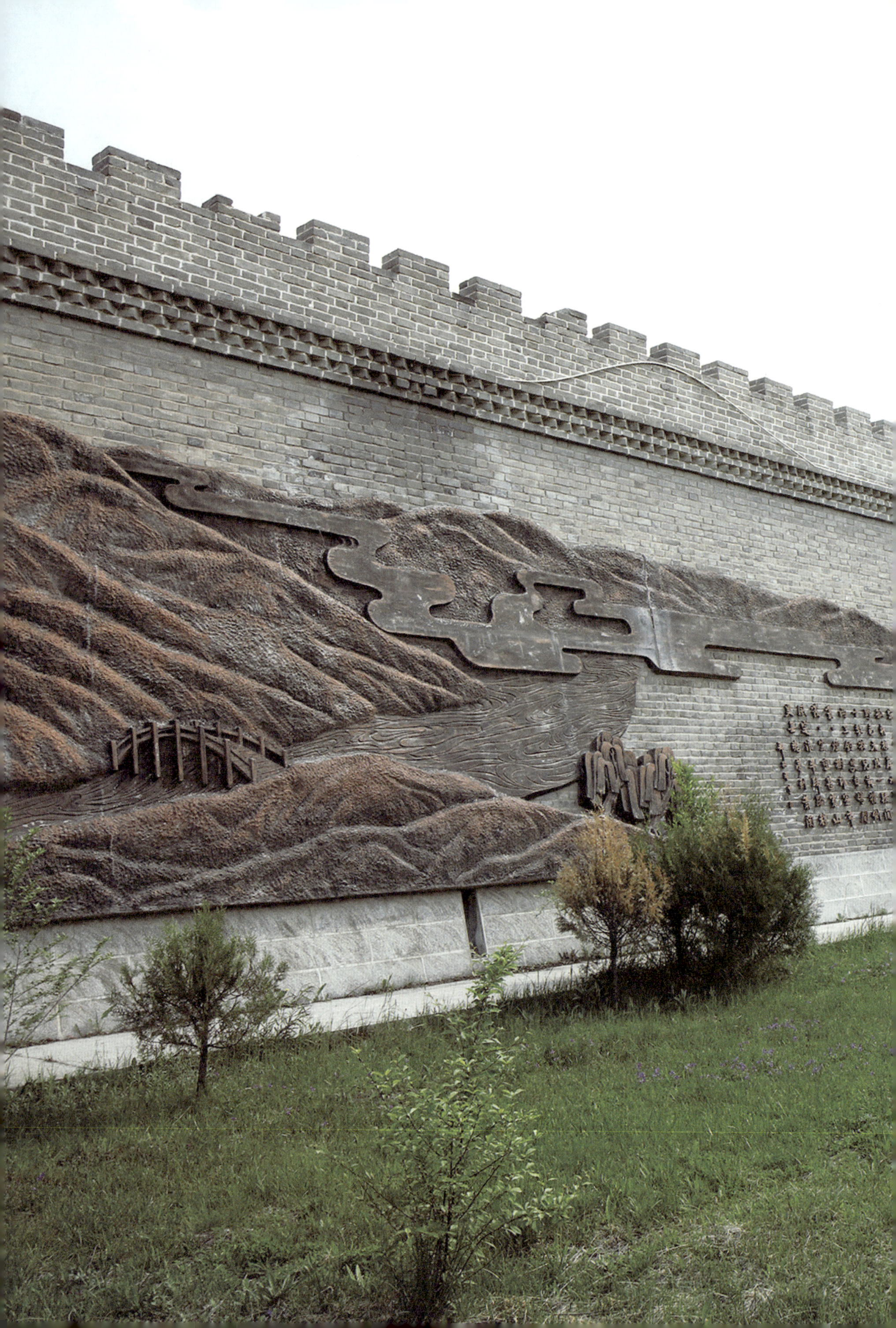

萧关

萧关

了主要通道。敦煌文书中五代时期的《西天路竟》中写道："东京至灵州四千里地。灵州西行二十日至甘州，是汗王。又西行五日至肃州。又西行一日至玉门关。"而长安—灵州—玉门关这条北道"丝绸之路"通道繁忙，必须经过"萧关"，随之萧关"非常著名"起来，因此被途经此地的许多唐代诗人纷纷歌吟。我们也是从唐诗里认识了萧关。

北宋时，政府为了防御西夏，又在汉代萧关故址以北200里，重筑萧关，位于今宁夏同心县南。

我们了解了萧关深厚的历史、地理、文化底蕴后，迫不及待地更想目睹萧关的芳容。从吴忠到固原本已到午饭时间，但我们的车却越城而不入，直奔萧关而去。中午一点多到达瓦亭古城，萧关呈现在眼前。

萧关遗址文化园地处泾源县大湾乡瓦亭村，省101线公路穿城而过。首先映入眼帘的是公路旁的两座雄伟高大的古城门楼。褐红色的小庑殿顶，青色的古砖城楼。"萧关"两个镏金的颜体大字镶嵌在门楼之上。萧关大营里几段新修的古长城墙面上镶嵌着一幅幅怀古浮雕。宁夏知名书法家书写的汉代以来描写萧关的18首诗词和巨型浮雕构成了一道文化长廊，成为萧关文化的标志性景观。

园内已有游人三五成群地观望汉阙门、碑亭、望夫亭、秦楼、萧关文化墙、萧关怀古石雕等。

文化墙上都是关于萧关的有名诗句，除了王维的"大漠孤烟直，长河落日圆。萧关逢候骑，都护在燕然"外，还有陶翰的"驱马击长剑，行役至萧关"，王昌龄的"蝉鸣空桑林，八月萧关道"，岑参的"凉秋八月萧关道，北风吹断天山草"，皇甫冉的"金貂宠汉将，玉节度萧关"，卢纶的"今年部曲尽，白首过萧关"，贾岛的"萧关分碛路，嘶马背寒鸿"，李昌符的"渐觉风沙暗，萧关欲到时"，顾非熊的"贺兰山便是戎疆，此去萧关路几荒"等诗句，不胜枚举。

在中国古代史特别是秦汉史中，关塞文化占据着非常重要的地位。如今，关塞已成为一种重要的文化符号，总能令人想起"金戈铁马、气吞万里如虎"的雄浑与"一夜征人尽望乡"的凄苦。

萧关是一个地名，萧关是一种情结，萧关是一个随着朝代的变化和防御对象的变化而变化的战争防御带。它也是一个充满诗意的地方，周围山势陡峭，一片郁郁葱葱。这里土地的气质或清秀、或荒凉、或粗犷、或清雅，四季各有不同。对于曾经把青春奉献在固原的我来说，梦回萧关也是乡愁所系啊。

彭阳秦长城游记

2019年4月6日

 彭阳境内的秦长城西由原州区河川乡黄河村进入县境，向东南延伸到彭阳乡的梁坡头，然后沿偏东北方向绕崾岘乡白岔村上的长城塬到城阳乡的白马庙后，走向呈东南，至涝池村的张沟圈后，直角北折入深沟上孟塬，再呈东北方向过孟塬的施坪、虎山庄、孟庄、草滩，最后从玉塬出县境入甘肃镇原县，横跨境内60公里。

 从固原到彭阳高速约一个小时，路上，我想起30多年前首次来彭阳县的经历。那是1986年，我在固原国营5233厂工作，准备结婚，要买彩电。我独自乘班车到彭阳。那时刚撤乡建县，小山城只有一条街，一切都在建设中，至今我脑海中的印象是这里的人语言朴实、目光诚恳，城里的姑娘那特有的红脸蛋都比我工作的以东北人为主的都市人更淳朴、更踏实、更温暖。

正在回忆之际，车已接近彭阳县城，大哥问，进城吗？我说算了，直接去崾岘乡白岔村吧，西吉的秦长城找得那么艰难，彭阳的不知道好不好找。

车穿城而过。走出县城，迎面春风，桃花红粉盈盈，杏花白嫩娇艳，垂柳含羞低首，杨树舒展新叶，香味扑鼻。不知哪位名人说过，一座城市有着一座城市的味道。这个味道似乎就是我当年闻到的特有的气息吧。熟悉而亲切的味道会让内心升起久违的温暖。

车按导航进入向北上山的转财路，看了看路碑，我想这个路名可能是要表达峰回路转，财源滚滚的寓意吧。但山路的美丽却超出了我的想象。此时正是彭阳山花盛开的季节，梯田花海，美不胜收。一路怒放的烂漫山花为我们奉上一场来自大自然的视觉盛宴。

车速不觉慢下来，晨光映照下的公路穿过花海和丘陵，宛若一条小溪，平缓清爽，悄然无声。路上几声"咯咯"叫引起我的注意，抬头一看，四只白鹅在开满山花的崖上伸颈吃花呢。我想起年轻时在固原唱的一首情歌："走一河，又一河，河里头好白鹅。前面公鹅咯咯叫，后面母鹅叫咯咯。走一庄，又一庄，庄庄黄狗叫汪汪。前面男子大汉你不咬，专咬后面女娥皇……"

行至一路垭，我突然看到一块黑色石牌，下车观望，"全国重点保护单位，战国秦长城彭阳段"。我们站在这起伏的秦长城上，非常兴奋。是的，秦长城并不炫目，也并不漂亮，隐没在这山岭沟壑之中，若不是专业人员，都很难辨认出它。但它是两千多年来我国古代历史的见证，仿佛在桃红柳绿的山村里，一位白发银须、仙风鹤骨的老人，拄着拐杖站在桃花树下。

今天能这么顺利地见到它，奉献给我们如此美景，这不能不说是我们和秦长城的缘分。这是我们"走长城"以来见到的最美的长城。宁夏的东长城、西长城都在荒漠之中，只有这里的战国秦长城蜿蜒于漫山遍野的鲜花之中。

绵延的长城伸向远方，尽头便是炊烟升起的窑洞和房舍，还有田埂旁忙碌下种的人们。我沿着花香，觅得一条小路，尽情欣赏这千年的风情。秦长城距今已有两千多年，那上面的建筑在历史的长河中，在岁月的沧桑中，已荡然无存了。

彭阳战国秦长城烽火台

　　彭阳县境内的长城均为黄土分层夯筑而成，残高2~10米，基高6~8米，内缓外陡，每隔200米筑一方形烽火台（城墩），比长城突出高大。白岔村现残存的一座最大的敌台坡长14米，底部周长73米，顶部直径4米。长城沿线内侧相隔1公里筑有一个小城障，涝池村张沟圈的长城大拐角处有一残存的小城障，呈长方形，北高南低，东西长120米，南北宽60米，角墩底座周长60米，斜高17米。在视野开阔的外侧筑有烽火台，与城障隔长城相望，构成完整的军事防御体系。

　　此段长城修筑于起伏连绵的丛山万壑之中，虽有历经平地之处，但多乘山岭，随山就势而建，下川时则就低修筑，穿崾岘，沿卷草壕进入沟谷。它以黄土夯筑，由城墙、城障、烽墩组成。烽墩多在制高点修筑，可以遥相呼应。有时烽墩城墙在一条线上，有时墩离墙甚远。残墙时有时无，时断时续，隔山远眺才可以模模糊糊看见它的走向。走近一看却不见长城，因为只剩下三四尺高的土梁。越过土梁之处，由于耕种，均夷为平地。有时在长城脚下还找不见长城，使人有点远看似有近却无的感觉。

　　长城经一千年的风雨剥蚀，大部分由于放牧践踏、掘土垦种、治理农田、整修道路等，城墙已不明显，仅留痕迹。有些由于几经沧桑，地震损坏、地貌变迁、山洪冲刷，城墙陷入沟谷，连痕迹也没有了，只能根据它依稀可辨的断断续续的残墙残墩走向寻踪觅迹。正因如此，保存至今的长城遗址，即便一段长城、一座烽燧，今日已经被岁月风吹雨打演化成为一条土垄和一方土堆，也显得弥足珍贵。毕竟，从秦昭王在位的时期，即公元前306年到公元前250年，到现在已经2200多年了。要不是政府采取保护措施，立碑立柱用铁丝网圈住，我们根本找不到秦长城的踪迹。我们观赏的这段秦长城现存较好的属崾岘乡白岔村段，真是幸运之至啊。

　　当我们行至城阳乡长城塬里，一座巨型坟冢立在长城路南，上面有三匹白马的塑像，在蓝天下格外醒目，下车一问，当地人叫它"白马坟"。两层楼台拾级而上，高台四面原有文字，不知质量不好还是年久失修，已看不清楚。大哥经验丰富，拿一瓶矿泉水和毛巾，用拓字的办法一字一句地读完了《白马庙》的故事。

　　据民间传说，秦始皇为了防御北方藩王的侵扰，下令各州府县征集民夫，用武力强迫他们修筑长城。当时正遭饥荒，百姓个个面黄肌瘦，民夫饿得连路都走不动，哪来力气抬土打墙呢？秦始皇的三太子负责修筑彭阳境内的长城，见此情景，对民夫十分同情，就下令歇缓一阵。谁知道这些民夫太疲劳了，一头栽倒在地上就睡着了，等到了上工时间，再也叫不起来，一直睡了几天几夜。

　　这时，秦始皇正好带着人来视察长城的修筑情况，一看民工没有修长城，反而在睡大觉，非常恼怒，查来查去，查到三太子头上。秦始皇一气之下，派人把三太子当众杀头，以儆效尤。三太子的头虽然被砍掉了，可是屈死的身子却一直不倒。他无头的身躯顺着长城塬往下走，走到一块豌豆地边时，肚子饿了，他蹲下摘豆角，可是摘下来却无嘴吃，拿到手里胡乱摸。恰巧被过路的人看见了，过路人奇怪地问："你没有头，怎么吃？"三太子一听，就一下子跌倒在地上死了。

　　秦始皇杀了三太子后，一直向北视察，走到半路上，看见一只白山羊领了一只小羊羔。白山羊上了一道坎，可是小羊羔却上不去，白山羊转过身来，"咩咩"地唤着小羊羔。秦始皇见此情此景，心想：畜生都有爱子之心，我连痛子之心都没有吗？三太子已经被我杀了，再也不能活过来了，现在就封他做个白马天神吧！

彭阳长城源白马坟

后来，老百姓知道三太子是为了他们遭到杀身之祸的，就把他厚葬于长城塬上，建起了一座寺庙，命名为"白马爷庙"。现在，在长城塬还有一座巨型坟冢，当地人叫它"白马坟"。年头节下，人们都会到"白马爷庙"焚香化表，以祭奠这位为民着想的三太子。

白马庙旁立有一座石碑，碑座上雕着一只白兔，整个石碑被一朵有碗口粗细的白芨笼盖着，路过此庙的人，如果事先不知道这里有石碑，是很难发现的。所以，民间就有了"人从长城塬上过，不知白兔在白芨卧"的说法。

秦朝三太子抚边恤民的故事，反映了人们对秦暴政的控诉。这既是传说，也是百姓的愿望，更是希望统治者关注民生，关心天下百姓疾苦的愿景。